사이펀 현대시인선 12

사이펀문학상
수 상 시 집

Siphon

literary prize

사이편문학상 수상시집

초판인쇄 | 2022년 5월 15일
초판발행 | 2022년 5월 20일

지 은 이 | 길상호 외
펴 낸 이 | 배재경
펴 낸 곳 | 도서출판 작가마을
등   록 | 제 2002-000012호
주   소 | 부산시 중구 대청로 141번길 15-1 대륙빌딩 301호
         서울시 도봉구 도당로 82(방학1동, 방학사진관 3층)
         T. 051-248-4145, 2598   F. 051-248-0723   E. seepoet@hanmail.net

ISBN 979-11-5606-195-3 03810   정가 15,000원

Siphon

사이펀문학상 수상시집

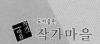

사이펀 문학상
수상자

이
중
기

윤
의
섭

길
상
호

성
윤
석

김
참

조
말
선

사이펀 문학상 수상시집에 붙여

강은교(시인, 동아대 명예교수)

여기, 젊은 시인들의 언어의 잔치가 열리고 있다.

젊은 언어들에선 첨 만나는 바람이 분다.

첨 만나는 향기가 풍긴다.

지나가는 이들이여,

이 향기에 취해 보시라.

당신의 시 마당에 이 향기를 뿌려보시라.

사이펀문학상을 운영하는 즐거움

조창용(시인, 사이펀문학상운영위원장)

《사이펀》이 창간되고 해마다 문예지로서의 격조를 높여가
는 것을 지켜보면서 나의 역할을 고민했었다. 그러던 차에 배
재경 발행인이 '사이펀문학상운영위원장'을 부탁해와 흔쾌히
맡게 되었다. 시간이 차오를수록 문학상의 위상은 높아가고
수상자들의 문단 활동의 폭이 넓어지면서 문학상 운영을 해
오길 잘했다는 자평과 함께 더욱 돈독히 해야겠다는 다짐을
한다.

우리 한국문단에는 무수히 많은 문학상이 있다. 이미 권위
와 유명세를 가진 문학상도 수두룩하다. 하지만 최근 문학상
의 순수주의가 흔들리는 일들이 생기면서 문단의 작은 파장
을 낳기도 했다. 그래서인지 객관성과 운영의 진정성을 가진
문학상을 찾기란 쉽지 않다. 또 문학상이라 하여 무조건 상
금이 많아야 권위가 있고 큰상이 되는 것이 아니다. 상의 성
격을 규정하고 그에 맞는 수상자를 얼마나 객관적으로 선정
하느냐가 관건이다.

사이펀문학상은 무엇보다 격려의 작품상이다. 열심히 창작
활동을 하는 시인들에게 더욱 더 좋은 시를 써달라는 독자를
대신한 부탁의 상이기도 하다. 그래서 이미 익히 알려진 큰
상을 받은 분들에게는 기회가 주어지지 않는 상이다. 또 발

행인이나 운영위원장이 시상식에서 수상자와 처음 얼굴을 맞댈 정도로 객관성을 담보한다. 예심을 거쳐 올라온 최종심에서 심사위원의 눈에만 의존할 뿐이다. 이중기(경북), 윤의섭(대전), 길상호(경기), 성윤석(경남), 김참(경남), 조말선(부산) 등 지금까지의 수상자들만 보아도 이른바 중앙주의와는 거리가 멀다. 조만간 광주, 전남, 대전, 충청, 제주, 강원, 서울 등 타 지역에서도 좋은 수상자가 나오리라 생각한다.

향후 사이펀문학상은 보다 더 확대될 것이다. 그런 만큼 좋은 작품들이 《사이펀》에 많이 발표되어야 한다. 그것이 바로 우리 문단을 살찌우는 일이기 때문이다.

창작의 불쏘시개로 타오르기를

배재경(시인, '사이펀' 발행인)

계간 《사이펀》은 2016년 여름호로 창간되었다. 전국의 숨
어 있는 시인들을 발굴하고 인터넷 등으로 무분별하게 쏟아
지는 시의 홍수에서 조금이라도 걸러낸 시들을 세상에 내놓
자는 취지로 창간되었다. 그래서 제호도 고민 끝에 송진 시
인의 제안으로 'Siphon'으로 정했다. 비록 신생 문예지이지
만 최소한의 시가 되는 작품들을 걸러서 내보내자는 취지이
다. 그렇게 창간하면서 시인들에게 창작의욕을 북돋아주고
자 연 1회 작품상 상격의 문학상을 제정하게 되었다. 1년 동
안 《사이펀》에 발표된 신작시들을 대상으로 심의하여 1명의
수상자를 선정하기로 한 것. 그렇게 시작하여 2016년 경북
영천의 이중기 시인을 시작으로 윤의섭, 길상호, 성윤석, 김
참, 조말선 시인까지 지난 6년 동안 수상자를 배출해왔다. 이
러한 첫 시발점은 부산 감천문화마을의 관음정사 주지 보우
스님이시다. 그렇게 첫 사이펀문학상운영위원장을 맡아주셨
고 3회부터는 조창용 시인께서 지금까지 맡아 운영해오고 있
다. 두 분께 머리 숙여 감사를 드린다.

사이펀문학상은 심사과정에서 큰 상을 받으신 분들은 의도
적으로 제외시킨다. 큰 상을 받지 못한 활력 넘치는 분들에
게 상이 주어져야 해당 시인에게 격려가 되고 용기가 주어질

것이기 때문이다. 기라성 같은 선배 시인들의 작품을 제외시
키는 것은 객관성에 문제가 될 수 있겠지만 당초 목적에 둔
창작력 고취와 숨은 시인들에게 힘이 되어주고자 하는 점을
고려하여 과감히 제외시킨다는점, 독자들의 이해를 구한다.

이 점, 선배 시인들에게 미안하다. 그리고 신인상 수상자
들은 우리 문단의 새로운 미래이자 별들이다. 그들에게도 축
운을 빌어 한자리에 같이 모았다. 부디 사이펀문학상이 우리
시인들에게 소금이 되고 지렛대가 되기를 바랄 뿐이다.

Siphon

차례

추천 글 • 강은교 ＿＿＿ 005
　　　　• 조창용 ＿＿＿ 006
사이펀문학상 시집을 펴내며 • 배재경 ＿＿＿ 008

사이펀문학상 수상자

제1회 ＊ 이중기

수상작 | 영천능금농사 70년사 외 1편 ＿＿＿ 016
심사평 | 김준태 ＿＿＿ 018
근작시 | 나는 아직 멀었다 외 4편 ＿＿＿ 023

제2회 ＊ 윤의섭

수상작 | 향기 ＿＿＿ 032
심사평 | 강은교 ＿＿＿ 033
근작시 | 안데스 콘도르 외 4편 ＿＿＿ 035

제3회 ＊ 길상호

수상작 | 혀로 염하다 ＿＿＿ 046
심사평 | 유병근 · 배재경 · 송진 ＿＿＿ 047
근작시 | 봄비를 데리고 잠을 잤는데 외 4편 ＿＿＿ 049

제4회 ＊ 성윤석

수상작 | 빙장氷葬 ＿＿＿ 060
심사평 | 이하석 ＿＿＿ 062
근작시 | 오늘을 극복하셨군요 외 4편 ＿＿＿ 064

사이펀문학상 수상시집

제5회 ＊ 김 참

수상작 | 미궁 ___ 072
심사평 | 김성준 ___ 073
근작시 | 검은 개들 외 4편 ___ 075

제6회 ＊ 조말선

수상작 | 환대 ___ 084
심사평 | 강은교 · 조창용 ___ 086
근작시 | 수국 외 4편 ___ 088

사이펀 신인상
수상자

제1회 ＊ 김 려

심사평 | 강은교 · 구모룡 · 유병근 ___ 100
당선시 | 새점 외 4편 ___ 102
근작시 | 따뜻한 기억들 외 1편 ___ 112

제2회 ＊ 조 준 · 김뱅상

심사평 | 구모룡 · 배재경 ___ 118
조 준 | 당선시 • 폐허 외 4편 ___ 120
　　　　근작시 • 친환경 제재로 바꾸지
　　　　　　　　못한 몇 년의 계획 외 1편 ___ 127
김뱅상 | 당선시 • 지스팟 외 4편 ___ 129
　　　　근작시 • 히비스커스뱅쇼 외 1편 ___ 137

차례

사이펀 신인상
수상자

제3회 * 조영진 · 임윤아

심사평 | 유병근 · 배재경 ____ 142
조영진 | 당선시 • 멸치털이 외 4편 ____ 144
         근작시 • 흔들리다 외 1편 ____ 152
임윤아 | 당선시 • 원룸 외 4편 ____ 156
         근작시 • 몽당연필 외 1편 ____ 163

제4회 * 최재원 · 윤준협

심사평 | 배재경 · 송진 ____ 166

제5회 * 이충기 · 허진혁

심사평 | 배재경 · 송진 ____ 172
이충기 | 당선시 • 양파는 거짓말을 하지 않는다 외 4편 ____ 175
         근작시 • 세 번째 경기 외 1편 ____ 183
허진혁 | 당선시 • 포장육 외 4편 ____ 187
         근작시 • 회전초밥 외 1편 ____ 192

제6회 * 김 서 · 김중호 · 방미영

심사평 | 배재경 · 정훈 ____ 196
김   서 | 당선시 • 울타리의 시 외 4편 ____ 200
         근작시 • 울타리 그냥 오후 창문 매미 외 1편 ____ 210
김중호 | 당선시 • 비명을 듣고서야 비로소 알았다 외 4편 ____ 213
         근작시 • 꽃말 외 1편 ____ 221
방미영 | 당선시 • 말똥구리 외 4편 ____ 224
         근작시 • 사발 외 1편 ____ 234

사이펀 문학상

제1회
이중기

제2회
윤의섭

제3회
길상호

제4회
성윤석

제5회
김 참

제6회
조말선

사이펀문학상
———
수 상 시 집

이 중 기

수상작

영천능금농사 70년사 / 억수 무덤

심사위원

김준태

근작시

나는 아직 멀었다 외 4편

• 1957년 경북 영천 출생.
• 시집『식민지 농민』으로 작품 활동.
• 시집 :『숨어서 피는 꽃』,『밥상 위의 안부』,『다시 격문을 쓴
    다』,『오래된 책』,『시월』,『영천아리랑』,『어처구니는
    나무로 만든다』
• 사이펀문학상, 작가정신문학상 수상

영천능금농사 70년사

몸이야 살수록 낡아가지만 세월은 묵어서 발랄해진다고
생각했던 어느 날이었다
  늙은 능금나무 그늘이 외딴집 뒤쪽 귀퉁이부터 허물어
내던 그날 오후,
  늙은이는 응급차에 실려 서쪽 병원으로 갔다
  열다섯부터였으리라
  능금농사 70년을 창밖으로 내다보는 난간 없는 생,
  초점 잃은 눈에도 강 동쪽으로 길게 이어진 능금밭이 보
였으리라
  능금이 초록에서 막 붉은빛으로 옮아가는 때,
  앳된 간호사가 와서 혈압 재는 동안
  능금나무 갈아 심듯 생도 재개발이 가능하겠다 싶은 생
각이
  주름 깊은 이마에 스친 것 같기도 했다
  간병인이 와서 기저귀 갈아주는 사이에도
  눈은 한사코 능금밭쪽으로 열려 있었다
  산소호흡기로는 젊은 날 데려올 수 없는 고목,
  산소용접기라면 한 시절 다시 세워볼 수도 있겠다만
  호흡기만 떼면 한꺼번에 무너져 내릴 저 낡은 몸엔
  영천능금농사 70년이 내장되어 있다
  시월 영천능금이 그 본색 드러내기 전에
  능금나무그늘이 이마에 닿으면 마침내 눈 감을
  저 늙은이 죽어서도 아삭아삭 능금, 씹을 것이다

억수 무덤

기룡산騎龍山 용트림 낙락장송으로 병풍 친
어느 문중 산소 아흔아홉 풍광 압권은 따로 있다
일찍이 내가 노래하다말고 그 악보 찢어버렸던
시총詩塚 아래
노비, 억수 무덤 있다
홍진에 죽은 아이 애장터 만한
거기, '충노억수지묘'라고 새긴 빗돌이 생뚱맞다
한심한 임금 몽진할 때 영천성 탈환하고
경주성 되찾으러 간 의병 몸종으로 따라간
노비 시신 애써 거두어 왔다는 사실 압권이다
시신 아예 찾지 못한 의병장 아들 정의번鄭宜藩은
입었던 옷 들고 가 초혼하고
여기저기 글 받아 묻은 시총 아래
억수 무덤,
사백 년 지나 조악한 빗돌 하나 세웠다
억수는 그 문중 놋쇠 술잔에 큰절도 받을까?
무엇보다 그거, 억수 무덤 맞아?

대지의 고향, 건강하고 생생한 방언으로 되살려

김준태(시인)

선자에게 넘어온 최종 시편들을 놓고 그렇게 많은 고심이 필요하지 않았다. 어떤 시인의 작품은 너무 산문적이었고 시의 본래의 영역인 노래, 음악성을 거의 의도적이라 할 만큼 벗어나 있었다. 감각적인 내재율과 어느 정도의 서정적 시각미를 보여주고는 있었다하더라도 시의 보편적인 형식미라고 말할 수 있는 음악성과 회화성을 소홀하게 여긴 것이 우선 단점으로 지적되었다. 특히 요즘 한국시단에 너무 쉽게 뿌리를 내려버린 듯한 산문형식의 시편은 시적 긴장을 완화시킨 것으로 생각되었다.

다음으로 시인에게 가장 중요한 시정신 혹은 시적 에스프리는 그 시인의 시를 가늠하는데 잣대가 될 수밖에 없다는 사실이다. 동서고금을 막론하고 시의 외적형식die Ausssere Form도 형식이지만 그것이 담고 있는 내적형식die Innere Form은 바로 시인에게 있어서 중요한 바로미터가 되기 때문이다. 형식이 먼저냐 내용이 먼저냐를 따지기 전에 이미 시는 형식과 내용 혹은 내용과 형식을 가를 수 없는 동전의 앞뒤와도 같기 때문이다. 따라서 시는 형식적인 하드웨어 못지않게 내용을 담아내는 소프트웨어가 시의 생명력과 그 존재가치를 나타내는 것으로 규정된다는 것이다. 물론 시에는 왕도는 없지만 시가 가는 길은 위와 같은 운명을 벗어나지 않는 것이라 본다.

 그와 같은 생각을 가지고 들여다봤을 때 이중기 시인의 두 편의 시 '억수 무덤'과 '영천능금농사 70년사'는 마지막에 오른 여타 시인의 시보다는 덜 산문적이었고 또 나름대로 내적 형식을 담보하고 있었다. 특히 그의 시는 포스트모더니즘 혹은 해체주의 문학으로 말하여지는 작금의 한국시에 하나의 반성자료를 제공한다는 점에서도 시사적이다. 모더니즘의 지류에서 출발한 포스트모더니즘은 그 본래의 기능 즉 문명세계에 대한 비판적 미학을 비껴가면서 시문학의 경우, 카오스로 전락하는 양태를 보여주고 있는 것이 심각하다. 20세기 영국의 시인 딜란 토마스의 지적대로 '시는 카오스 상태를 지양하는 것'이기도 하는 것인데 작금 한국시는 오히려 카오스 속으로 흡입되어가는 양상을 보이고 있음이 그것이다. 그래서 독자와의 결별을 말하는 것 같기도 하는 이런 일련의 시작행위에 대한 반대급부로 이중기 시인의 시적 정공법은 오히려 돋보이고 탄탄하다.

 우선 '억수무덤'만을 놓고 볼 때 이중기의 시는 어렵지 않다. 어렵지 않지만 그렇다고 쉽게 읽혀지는 것은 아니다. 역사의식과 나아가 오늘에 대한 현실적 뉘앙스를 담고 있기 때문이다. 시 속의 주인공 억수와 화자인 이중기 시인이 서로 가슴을 맞대고 있는 것처럼 얘기하고 있어서 더욱 그런 느낌이다. 말하여 이중기 시인의 삶이 그의 고향 경북 영천에서 지금까지 다부지게 쌓아올려져 왔다는 것을 의미하고 무엇보다도 그의 시가 대지와 살 비비는 정직함을 따르고 있다는 것이다. 고향에 대한 애정이 쑥냄새처럼 묻어나는 흙으로부터의 삶, 나아가 고향의 오랜 역사와 그것에 대한 자존심과 자긍심을 빼앗기지 않고 되살려내고 있다는 것이 큰 미덕이다.

시 「억수무덤」은 흔히 말하듯 '사람'이 중심이 되는 이야기 시詩다. 임진왜란 당시, 선조가 백성들을 뒤에 두고 신의주로 몽진할 때 왜군과 싸우다 목숨을 잃은 영천성과 경주성의 의병장 정세아의 아들 정의빈, 그의 무덤과 나란히(위치는 위아래지만) 만들어진 노비 억수의 무덤을 두고 얘기되는 소위 '사람'의 일대기를 압축하여 풀어놓은 '인물시'다. 거의 전설적이라 할 수 있는 먼 옛날의 구전 팩트fact를 가져와서 드라마틱한 서사를 보여주는 이 시는 400년 전만의 이야기가 아니다. 바로 오늘날 영천에서 살고 있는 이중기네 마을사람들의 이야기다. 아니 어느 특정 지역에만 해당되지 않는 한반도 도처에 살아가는 '홍익인간들'의 체취와 그들 마음의 향기를 구수하게 담아낸 시다. 그러면서도 이중기의 장점은 서울 중심의 '표준말'이 함부로 넘볼 수 없는 대지의 고향, 생생하고 건강한 경상도 방언으로 시 「억수무덤」에 생기를 불어넣는다.

억수 무덤,
400년 지나 조악한 빗돌 하나 세웠다
억수는 그 선비 후손들 술잔에 큰절도 받을까?
무엇보다 그거, 억수 무덤 맞아?

시의 마지막을 뭉쳐서 보여주는 결구, "무엇보다 그거, 억
수 무덤 맞아?"에서 이 땅을 살아왔던 민초들의 '본 얼굴'을
떠올리게 한다. 되받아치는 혹은 되묻는 화법으로 "억수, 무
덤 맞아?"라고 시의 결미에 쐐기를 박는 이중기 시인, 그의 시
는 바로 이들 민초들의 삶 속에서 태어나서 비로소 물려받고
얻어지는 것으로 파악된다. 또 한 편의 「영천능금농사 70년」
사' 역시 그가 두 발을 넣고서 살고 있는 영천 사과밭농사에서
체득한 이야기 시다. 「억수 무덤」에서 보이는 시적 긴장감이
조금은 느슨하여 흠으로 지적되지만 그의 인생체험에서 도드
라지게 나오는 경구, 아포리즘 미학도 쉽지 않게 얻어진 시
다. 첫 행 "몸은 살수록 낡고 세월이야 묵어서 발랄해진다"는
경구가 그 일례다. 마지막 행도 이중기 시인의 성깔, 예컨대
개성이랄까 오기랄까, 이 땅 농민들의 줄기찬 에너지와 맥박
소리를 잘 그려주고 있어 일품이다.

> 시월 영천능금이 그 본색을 드러내기 전에
> 능금나무 그늘이 이마에 닿으면 마침내 숨 거둘,
> 한 해 능금농사 끝내듯 덜컥, 눈 감을
> 저 늙은이 죽어서도 아삭아삭 능금, 씹을 것이다

그렇지만 경북 영천에서 능금농사를 짓는, 70년을 오직 능
금농사만을 지어왔던 노인은 결코 '늙은이'가 아니다. 우선 흙
냄새가 오래도록 풍기는 농민이다. 대도시의 문명에 끌려가
는, 끌려가며 자기 자신을 놓쳐버리기도 하는 오늘의 군상들
한테는 표상이 될 만한, 아삭아삭 능금을 씹을 힘을 그래도 갖

고 있는 '대지의 사람'이다. 응급차에 실려 병원으로 가는 노인, "간병인이 와서 기저귀"를 갈아주는 처지가 되었지만 죽어서도 능금농사를 지으며 아삭아삭 능금을 씹을 것으로 이중기 시에 전이되어 나타난다. 이것은 '억수 무덤'에서 억수와 능금농사를 짓던 노인이 이중기의 시 속에 들어와 누리는 건강하고 소박한 '오기의 미학'에 다름 아니다. 오기의 미학은 시인들이 저마다 가지고 있는 당연한 미덕으로도 받아들여진다. 오기야말로 시인들로 하여금 시를 '청춘의 미학'으로 승화시켜주는 바로미터가 된다고 생각한다.

그리하여, 계간 사이펀 제1회 우수작품상으로 이중기 시인의 두 편의 시 '억수무덤' '영천능금농사 70년사'를 흔쾌히 밀어올린다. 이제 그의 시가 또 다른 수확을 위하여 정진할 것을 믿으며 그가 이 땅에서 사랑하였던 '억수 무덤'을 다시 보살피고, 많은 독자들이 그의 시를 영천 능금처럼 '아삭아삭' 싱싱한 맛으로 씹을 것을 기대한다. '사이펀 제1회 우수작품상' 수상을 거듭 축하드리며 때마침 출간된 그의 시집 『영천아리랑』 출간에 대하여도 경하의 뜻을 전한다. 프리드리히 횔덜린의 말을 이중기 시인에게 전하고 싶다. "시인이 시를 쓴다는 것은 고향의 재발견이다."

나는 아직 멀었다 외 4편

맨발에 고무신이 편해지는 예순도 훌쩍 넘겼는데
나는 아직 야성 팔팔한 농민 쪽에 서 있다

젖은 윗도리 벗어 저녁놀에 걸어두고
늙은 나귀 무릎 주물러주는 구름 수염 농부까지는
멀었다 아마득하다

무두질이 안 된 농민은 도꼬마리처럼 까칠하고
바지 둥둥 걷고 무논 질러가는 농부야 뭉게구름 아닌가

헛간으로 뛰어든 까투리 놀란 가슴 가라앉힌 뒤
한 점 궁리 없이 솔개 떠난 빈 하늘에 놓아주고는
돼지고기 몇 근 끊으러 가는 사람이 있다

앉은뱅이 움막에 솟을대문 휘영청 구성없이 걸어놓은
나는 외올실로 엮어 거친 난목 같은 놈

구름 수염 너불너불한 농부까지는 까마득하다

나와 한국농업정치사

농사 경력 서른두 해야 명함 내밀 처지 아니지만
모두가 양반인 세상 역설한 다산이 터무니없고
일 안하면 먹지 말라던 연암도 민망해졌다
불땀 흘리는 복상농사가 몸에 맞는 옷처럼 편안했으나
단작스런 촛불정부 하는 짓들이 가소로워졌으니
체제에 순응 못하는 증거일 터이다

사과 북방한계선이 강원도 인제까지 올라가면서
아열대농사가 이 땅에 적응 조짐 보이자
호남평야 지평선에 기대어 살던 농사꾼들이
영천으로 달려와 포도며 복숭아 농사 희끗거릴 때였다
하늘이 깊어서 농사가 높은 줄 안다는
민주노동당에 나는 가입했으나
안달뱅이 각아비자식들 통합진보당은 거절했다

덜컥, 민주노동당이 사라진 것이나
진보정당에서 내가 떨어져 나온 건 기후 탓이 아니다
복숭아 포도 묘목이 불티나게 호남으로 팔려나갈 때
백도 황도 향이나 팔아먹는 장사치 농사꾼 주제에
신자유주의 냉큼 수용해버린 호남평야
지평선 째려보며 끌탕하는 이 형용모순은 또 무엇인가

〉
영역을 넓힌 사과 북방한계선에서 바라보니
구성없는 한국농업정치사와 나, 제법 얼룩덜룩하다

고맙다

　퇴직하면 농사지으러 온다던 불알친구가 옛집에 도착했
다는 연락이다
　내 감히 독장수구구로 나부댈 일이야 아니겠지만
　농사는 먼 곳을 살아내는 일이라 했는데
　고맙구나, 그러나 한 해도 못 넘겨 슬픔과 드잡이할 일 없
기를
　적막 한 채 걷어낸 자리에 더 큰 적막이 숲을 이룰지라도
　내가 말뚝 박은 이 업종에다 여생을 부려버린
　친구가 마침내 완성할 생의 바이블이 허공의 집적이 아니
길 나는 빌었다
　헌옷 벗고 묵상에 든 복상나무 하늘로 돌아오는 기러기들
에게 손 흔들어주고
　늦은 점심 혼자 먹으러 집에 왔다
　집 떠난 열일곱 버릇으로 무말랭이 박아놓은 시금장에 밥
비비는데
　지붕 두드려 기척하는 빗소리가 낯설다
　친구는 맞배지붕 교회에서 흰 수염의 시절에 시작한 농사
아뢰고
　불 잘 안 드는 옛날 아궁이 앞에 펑퍼져 앉아 매운 맛 보
고 있을 것이다
　언제쯤 나도 정년퇴직해 어머님께 문앞절*로 아뢰고 길

떠날까

　시금장에 박힌 무말랭이처럼 나는 쓸쓸해진다

　내가 어머니의 의붓자식이 아니듯

　가린 것 없는 팔풍받이 농사도 나라의 바깥이 아닐 터인데

　촛불정부에서도 농업은 기러기처럼 높아 먼 것일지는 알
수 없으나

　나는 격문을 버리고 폐허가 되어 오래 더듬거리느라

　세월호 타고 가 돌아오지 않는 아이들과 사드나 촛불로
시 한 줄 쓰지 못했다

　도깨비바늘 여인숙에서 하룻밤 묵고 온몸에 박은 씨앗 떨
구며 가는 고라니처럼 나는 살아갈 것이겠지만

　저잣거리 구어체 입말은 끝내 버리지 못할 것이다

　빈 밥그릇처럼 수척해지는 빗소리가 눈보라로 바뀌어 복
상밭이 자작나무 숲이다

　그 위로 새들 낮게 간다 가끔은 이런 풍경이 쓸쓸해서 괜
찮다

　이런 날은 오래 젯밥 굶은 예수쟁이 창수 아재 기일 핑계
삼아 아무라도

　콧노래 흥얼흥얼 막걸리 몇 통 들고 눈길 덥북덥북 왔으
면 좋겠다

　* 방문 바깥에서 (조)부모님께 올리는 큰절.

우러러 높고 지극할 슬픔

복사꽃 봉오리 솎아내던 코로나의 봄날, 개정판 한 젊은
이를 읽었다
불별 잡아채 목에 휘감아 보인 마술사라고 예전 늙은이는
그 청년 빈정거렸는데
성엣장 아래 물소리로 다듬은 문장이었을 그는 지평선 팽
팽 당겨주는 나무가 되었구나
내가 처음 농사지은 열넷에 그는 노동을 벗었다
어린 솔 모가지 꺾어 하모니카 불던 송기 생각난다
하늘님 같은 신자유주의도 한방에 거꾸러뜨린 찬란한 코
로나의 봄날,
오만 색깔 허거리로 입 봉한 베트남 놉들이 와서 꽃봉오
리 솎는 복상밭에서
품값도 못한다고 나는 두 사람을 솎아버렸다
솔 모가지 꺾어 하모니카 불던 송기야 우러러 높고 지극
할 내 슬픔이 아니었던 것

그러니까 나는 너무 늦은 나이에 한 청년을 읽었다는 것
이다

도마가 놓인 자리

돌아보지 않는 기러기 자세로 그는 앉아 있다

물러설 줄 모르는 생의 나침반이다

모든 거룩한 것들은 기러기의 힘으로 이 지평선 건너갔다

밥 짓는 사람의 뒷모습이 어디서 왔는가

기러기의 힘으로 와 칼질소리 몸에 저장하는 푸른 등, 고
등어 본다

도마 놓인 자리가 마지막 인간 중심이다

세상 팽팽하게 잡아당기는 도마 지평선에서 나는 소년 기
러기처럼 자라고 있다

사이편문학상
——
수 상 시 집

사이펀문학상
제2회 수상자

윤 의 섭

수상작
향기

심사위원
강은교

근작시
안데스 콘도르 외 4편

- 1968년 경기 시흥 출생
- 1994년 《문학과 사회》로 등단
- 시집 :『말괄량이 삐삐의 죽음』,『천국의 난민』,『마계』,『묵시록』,『붉은 달은 미친 듯이 궤도를 돈다』,『어디서부터 오는 비인가요』,『내가 다가가도 너는 커지지 않았다』
- 애지문학상, 사이펀문학상, 딩아돌하 우수작품상, 김구용시문학상 수상
- 대전대 문예창작학과 교수

향기

꽃밭을 뒤덮은 건 시포 같은 향의 기운이었다
가벼워서 끝끝내 짓누르는 중압
충매를 치르기 위해 꽃은 몸의 입자를 쏟아낸다
그러니까 꽃향기는 정확히 생과 사의 한 가운데를 흐
른다
비장해 보이거나 죽음의 냄새가 배어 있는
향그러움 슬픔의 독 한 계절의 국부마취
달빛은 꽃향기를 통과하다 아련해지고
바람은 물들어 바람이라 불리지 않는다
조만간 산책이 애도로 바뀌는 지점에 다다를 것이다
향기의 성층권이 낮아지면 꽃들은 별의 최후를 닮아
간다
파편 되어 흔적 없이 바스러지는
종말이 다가올수록 향기의 자장은 꽃을 중심으로 좁혀
진다
꽃이 지면 향기가 걷히는지 향기가 사라지면 꽃이 지
는지
꽃밭을 둘러싼 건 생무덤이었다

시의 육체성을 잘 이루다

강은교 (시인, 동아대 명예교수)

예심에서 본심으로 올라온 작품들은 총 네 시인의 8편이었다.

김백겸의 「하늘나라」 외 1편, 윤의섭의 「향기」 외 1편 손순미의 「해변모텔」 외 1편, 여정의 「마스터베이션」 외 1편, 채수옥의 「오카리나」 외 1편.

네 시인의 시를 읽으면서 가장 먼저 전해오는 것은 심사자로서 깊이 고민하지 않을 수 없을 정도로 네 시인 모두 시를 너무 잘 쓰는 시인들이라는 점이었다. 이미지들의 화려함이 그 장점 중에 가장 먼저 짚히는 것이었다.

그러나 그 이미지들이 만드는 공간이 없음으로써, 즉 시의 육체성이 이루어지지 않음으로써 그 장점들은 동시에 단점을 이루고 있기도 했다. 소리심(리듬)이 없는 것도 문제였다. 이미지와 소리심, 그리고 이들과 함께 있는 주제의식은 한데 합침으로서 이미지들이 이룬 시의 공간에 육체성을 준다, 고 할 수 있으리라.

이러한 장점 곧 단점을 보면서, 네 시인들에게 죄송한 일이나, 테크닉이 시에 봉사하지 못하고 있는 시를 젖혀나가는 방법을 사용하기로 하였다. 그 결과, 윤의섭 시인의 시에 우수작품상 수상의 영광을 드리기로 하엿다. 윤의섭 시인은 탄탄

한 주제의식 위에 이미지들을 올려놓음으로써 시의 육체성을 잘 이루어내고 있었다. 앞으로 소리심의 문제는 해결해야할 과제로 보인다.

정진을 바란다. 한국현대시의 희망이 되기를.......

안데스 콘도르 외 4편

인기척이 없는 마을이다

하늘에는 원을 그리며 나는 새가 있다

여름 저녁인데 서늘한 골짜기를 조금 벗어나자 절벽이었다

어떤 새는 짝을 잃거나 죽을 때가 되면 날개를 펴지 않고
절벽 아래로 몸을 던진다고 한다 이 두 가지 조건에 모두
해당되기는 뜻밖에 어렵지 않다 비교적 높은 절벽이다

 밤의 마을에는 인기척이 역력하다
 삼복을 치르는 생류의 부활법이다

 절벽 아래로 떨어진 새의 주검이 발견되지 않아서 잉카인
들은 새가 되살아나 다시 생을 산다고 믿었다
 가등이 켜지고 창문에 불빛이 비치면서 마을은 신성해진다

 인기척이 없는 건 내 안에서였다

장구한 파멸

너는 달릴 수 있다
그러나 도망치지 못한다
너는 울 수 있다
그러나 눈물이 남아 있지 않다

전해오는 연원은 사라진 악보에서 찢어낸 한 소절처럼
너를 이야기한다
너는 문득 흔들리는 달을 바라본다
에서 끝나버리는 구절이다

산책길에는 꽃잎이 흩날린다
뉴스에선 월진이 관측되었다고 한다
멀리 운구차가 지나간다
가로등이 켜진다
유리창 너머로 차를 마시는 남녀는
지직거리며 사라졌다 나타나길 반복한다
불빛에 번득이는 빗줄기 사이

너는 지금까지도 오래 걸렸고 마지막은 멀었다는 것을 잘
아는
앞뒤 잘려나간 장면

영문을 모르는 표정
너는 너를 구원할 수 없는 구원자

너는 죽을 수 있다
그러나 죽을 뿐이다

촉진觸診

나는 조금 부드럽게 만지고 싶었는데
소나기 그친 오후의 공기가 부드러운 것이었다

나는 또 살짝 낙엽을 건드렸는데도
낙엽을 떨어뜨린 나무는 모든 나뭇잎을 동원하여 내 손길
을 지켜보고 있었다

이 계절의 환부가 어느 지경에 이르렀는가를 알아내려는
시도는
그러니까 부질없다

내가 만져지고 있다는 것

기억을 뒤적인다 상처를 어루만진다 슬픔을 문지른다 뜨
거운 사랑 식어버린 꿈 거친 영혼 매끄러운 시간 운명을 만
지작거린다 영원을 빚는다
보이지 않을수록 우린 더듬는다

진단이 예단으로 끝나는 지점에 나는 살고 있다
통점을 내어주면
스치기만 해도 모든 병력이 되살아나는

그것은 잔잔한 수면에 던진 돌이 연못 전체를 전율시키는
일

아직 찬바람이 불 때는 아닌데
생각보다 서늘한 손가락이었다

비몽

앞에 앉아 커피를 마시는 그는 한동안 말이 없다
그의 얼굴이 문득 아버지 얼굴과 겹치더니
다른 낯익은 얼굴로 보이다가
끝에 가선 모르는 얼굴로 바뀌어 있다
아무도 없던 거리였는데 골목에서 한두 사람이 걸어나오
고
텅 빈 하늘이었는데 산 너머에서 헬리콥터가 날아온다
창밖 풍경이 팔십 년대처럼 보이는 건
그가 오랜 친구여서일 테고
전에도 이렇게 말없이 마주앉았던 적이 있어서였겠고
조용하던 카페에 갑자기 음악이 흐른다 상황을 눈치챈 듯
당황한 듯 관심을 돌리려는 듯
어느새 그는 그의 얼굴로 돌아와 있었다
오늘은 좀 그렇고 내일 한 잔 하자 웃으며
카페가 서서히 멈추는 미동을 느낀다
그는 꾸는 사람 없이 돌아다니는 꿈이었다
자기가 꿈이라는 것을 모르는 거였고
어쩌면 나 역시

옆집 살던 누나는 삼십 년 만에 나타났다
그녀는 스무 살 적 그대로였다

펫 숍에서 무심한 눈으로 쳐다보는 개가 있다
어렸을 때 키우다 죽은 개였다
공원 벤치에서 졸고 있던 노인
내가 아는 나이라면 졸음조차 불가능한 일이다
아주 긴 장면을 잘라내고 편집된 영화가 상영 중이다
다큐멘터리인데 언제 찍은 것인지 알 수가 없다
내가 등장하는 장면과 장면 사이에는 어떤 영원이 잘려나
갔을지도 모르는
분명 아름다운 날들이었으나 믿지 못할 순간의 연속일 뿐
이다
가급적 놀라지 않기로 한다

우린 신이 꾸던 꿈일 수도 있다
원래 꿈이었을 수도 있다
고양이도 나무도 바다도
꿈인 줄 모르니까 꿈인 줄 모른다
증거 하나 세상은 누가 죽어도 지워진 적 없다
증언 하나 너 어디 있다 지금 나타난 거니
증좌 하나 빈자리는 어떻게든 메꿔진다
부재
상처

그리움
모퉁이를 돌아가던 바람이 고개를 돌린다
이 한 줄기 가는 바람이 느껴지면 꿈이었던 한 사람이 죽
는다는 것을 안다
바람이 자리를 메꾸며 사람이었던 꿈이 소멸 중이다
그도 어머니로부터 태어났고 말을 배웠고 졸업하였으며
회사에 다녔다
살아있는 꿈이었다는 사실을 모른 채
꿈
이었다

거기 창가에도 빗방울이 흘러내리고 있겠지
같이 거닐던 도서관 길가에도 코스모스 피었겠지
다락에 잠들었어도 라디오는 최신가요를 수신 중일 테고
천막극장 사라졌지만
어느 마을에선가 천막 펼치고 옛 영화를 상영하고 있을
것만 같은
보이지 않는 날
들리지 않는 거리
이상해요 결코 죽지 않는다는 것은
박물관을 관람하고 나온 사람들의 얼굴이 모두 같아 보이

고요

　언제 적에 살다가 건너온 것일까요 복원된 듯
　내일 창가에 빗방울이 흘러내렸지
　내일 도서관 길가 코스모스는 조금 시들었지
　이제 보니 나는 한평생을 다 가보았어요
　무슨 계절이 끝나가고 있는지 알 수 없는데
　알 일도 없죠

　좀 더 보고 싶어 달려 봐도 노을은 빨랐다
　영영 따라잡지 못하는 건 매일 꾸는 악몽에서도 그랬다
　가까워질수록 좁혀지지 않는 거리
　멈출 수는 없다는 것이 여기서 할 수 있는 다다
　깨어나도 깨어나는 꿈이었다

미장센

꿈속에선
공원 벤치에 앉은 아이의 뒷머리가 있었다
꿈에서 벌어진 사건과는 아무 상관없는 아이였는데
왜 거기 앉아있었을까

허름한 골목
폐타이어 화분에 핀 채송화를 슬쩍 스쳐가는 바람은
불어야만 했던 것이다 단역배우처럼
서툰 벽화는 꼭 서툴러야 했고
담장 위를 걷던 고양이에겐 기억나지도 않을 오후겠지만

그래서 살 수 있는 것이다 잊을 수 있다는 기적으로
밥이 넘어가는 것이다
그토록 사소한 종말들

악몽을 꿨는데 아이의 뒷머리가 또 놓여있었다
채송화는 시들어 죽었고
그 곁으로 바람은 여전히 불어야만 했다
산 너머에선 천둥 치며 비구름이 몰려오고

나는 얼마나 잠깐 화창했던 생물이었던 걸까
비가 오기까지 나는 벤치에 앉아 있다

사이편문학상
제3회 수상자

길 상 호

수상작

허로 염하다

심사위원

유병근 배재경 송진

근작시

봄비를 데리고 잠을 잤는데 외 4편

- 1973년 충남 논산 출생
- 2001년 《한국일보》 신춘문예 당선
- 시집 『오동나무 안에 잠들다』, 『모르는 척』, 『눈의 심장을 받았네』, 『우리의 죄는 야옹』, 『오늘의 이야기는 끝이 났어요 내일 이야기는 내일 하기로 해요』, 에세이집 『한 사람을 건너왔다』, 『겨울 가고 나면 따뜻한 고양이』
- 현대시동인상, 한국시인협회 젊은시인상, 천상병시상, 사이편문학상, 고양행주문학상, 김종삼시문학상 수상

혀로 염하다

트럭에 치인 새끼 목덜미를 물고와
모래 구덩이에 눕혀놓고서

어미 고양이가 할 수 있는 건 오래 핥아대는 일

빛바랜 혀를 꺼내서
털에 배어든 핏물을 닦아댈 때마다

노을은 죽은피처럼 굳어가고 있었네

핥으면서 식은 숨을 맛보았을 혀,
닦으면서 붉은 눈물을 삼켰을 혀,

어미 고양이는 새끼를 묻어놓고 어디에다 또
야옹, 옹관묘 같은 울음을 내려놓을까

은행나무가 수의를 입혀놓은 저녁이었네

서정적 이미지의 담백함이 돋보여

예심에서 본심으로 올라온 작품들은 총 일곱 시인의 13편이었다. 이선형의 「나를 꼭 닮은 말」 외 1편, 길상호의 「혀로 염하다」 외 1편, 김윤배의 통일시 「도보다리, 밀어가 되다」, 정익진의 「청색의 순간」 외 1편, 최휘웅의 「달이 보인다」 외 1편, 조해훈의 「그릇」 외 1편, 최옥의 「뿌엔떼 라 레이나를 위하여」 외 1편 등이었다.

일곱 시인의 시를 읽으면서 가장 먼저 고민한 부분은 시의 이미지를 어떻게 변화시키고 있는가가 고민이었다. 일곱 시인 모두 각자의 개성을 확연히 갖고 계신 분들이라 선자를 무척 힘들게 하였다. 그만큼 연륜에 맞는 시어들이 행간마다 잘 우러나 있었기 때문이다.

이들의 후보작 들 중 그래도 가장 안정적이며 표현력과 서정적 이미지가 잘 조화된 작품이 길상호의 시들이었다. 테크닉의 화려함 보다는 내밀한 어조의 이미지가 차분하고도 명료하게 자리 잡고 있어 다른 시인들이 보여준 언어의 성찬들을 제칠 수 있었다. 물론 시마다 장단점이 있긴 하나 독자의 시각에서 기술이냐, 안정이냐, 오밀조밀한 내구성이냐 등을 여러 잣대로 맞추어 보아도 길상호의 시들이 안정적이고 단조로운 듯 하나 뛰어난 내구성을 갖춘 표현력 등이 눈길을 끌 수밖에 없었다. 특히 「혀로 염하다」에서 새끼를 향한 어미의 모성과 객관적 관찰이 주는 시각과 감각적 표현 등이 뛰어난 담백한 이미지로 녹아난 점이 높이 평가되었다.

문학에는 끝이 없다. 당선자에게 축하를 전하며 한국문학의 미래로 자리매김 되기를 —

■심사위원 : 유병근 · 배재경 · 송진

봄비를 데리고 잠을 잤는데 외 4편

베어 묶어둔 빗줄기가
뒷마당에 다발로 쌓여 있었다

금낭화는
네 개의 유골단지를 쪼르르 들고
꽃가지가 휘었다

뒷산에서 잠시 내려온
아버지와 큰형과 둘째형과 똥개 메리는
대화를 나눌 입이 없고

서로를 무심히 통과하면서
물웅덩이마다 둥근 발자국을 그려놓았다

헛기침에도
꽃이 떨어져 깨질까봐,
그들의 빈 눈과 마주칠까봐,

나는 먹구름과 함께 발뒤꿈치를 들고
그 집을 나왔다

첫 봄비를 데리고 잠을 잤는데
봄이 벌써 반 이상 떨어지고 없었다

여관들

　벽에 고양이를 그리던 방 앞은 바다였고요. 파도가 풀어
놓은 비린내 때문에 초승달 발톱이 더 길게 자랐고요. 윤기
없는 밤을 쓰다듬다가 눈꺼풀이 감겼고요. 잠이 밀려왔다
빠져나간 자리 해무는 아직도 꿈속 같았고요.

　부드럽게 부르던 이름이 눈에 들어 무작정 들어간 여관도
있었는데요. 방은 곰팡이 슨 마음이 어떤지 보여줬고요. 그
날따라 유독 소주가 달달했고요. 술병에 넣어둔 당신의 이
름에선 어떤 향기도 우러나지 않았고요.

　나무 그림자가 밤새 창가를 서성이던 그런 방도 있었는데
요. 누굴까. 나이테가 지워져 목소리만 맴도는 사람. 옹이
박힌 뒷모습으로 굳어버린 사람. 나무도 떠날까봐 그날은
밤새 잠이 오지 않았고요.

　그렇게 며칠 떠났다 오면 집도 여관처럼 낯설었고요. 장
기투숙객처럼 찾아와 창을 두드리는 계절의 사연을 상상해
보기도 했고요. 내가 머물던 당신들은 또 어떻게 낡아있을
지, 떠도는 꿈이 다시 시작됐고요.

쌍둥이

아픔과 슬픔처럼 닮아서
구별하지 못하는 사람이 많았다

상현달과 하현달은 어둠의 방향이 다른데도
엄마는 매번 똑같은 옷을 두 벌 샀다

그럴 바에야 그림자를 입고 다닐 거예요,
그때부터 우린 서로 달라지는 게 지상의 목표가 되었다

동생이 폭식을 즐기면
나는 거식이 즐거웠다

동생이 심장에 불을 가져다놓으면
나는 배꼽에 얼음을 채워놓았다

참다못한 엄마는 우리를 사진관에 데려가
하나의 액자 속에 나란히 앉혀 사진을 찍었다

플래시가 터지고 빛이 둘을 묶어놓는 동안
나는 몰래 한쪽 눈을 감았다

너는 도대체가 말을 듣지 않는구나,
엄마가 나의 감은 눈을 칼로 긁어낼 때

일란성 아픔과 슬픔 사이에
불구의 형제가 하나 더 태어났다

12월의 집

지하층엔 구십 세 노인이 산다고 했다
남은 체온으로 심장을 돌리는데
계량기 눈금이 너무 천천히 움직였다

일 층에는 유령이 가꾸는 고무나무 화분

이 층에는 계약도 없이 몇 달째 거주하는 바람

깡마른 시인이 짐도 없이 이사를 와
옥탑방을 채웠다

말수 적고 귀가 어두운 세입자들뿐이라서
층간소음은 문제가 되지 않았다

집도 반 이상은 죽은 몸
얼음이 낀 핏줄은 때때로 막히고
흐릿한 창 몇 개만 겨우 눈을 빛냈다

동파된 방을 두고 떠날 때까지 한 달
시인은 한 편의 시도 쓰질 못했고
구십 세 노인은 나이가 한 살 늘었다

〉
일 층의 유령과 이 층의 바람에게는
딱히 떠난다는 인사도 남기지 않았다

기낭

새를 깎아
밤 창가에 올려두었습니다

나무를 빠져나왔지만
아직 나무의 마음을 버리지 못해

새는

달빛 쪽으로 몸을 틀었습니다
때죽때죽 꽃을 터뜨리며 울었습니다

옹이진 심장을 버리고 날아간 사람

시간의 뼈가 조금 더 삭아
모두 무너지기 전에

밤의 머리맡에
부장품 하나 놓아두고 싶었습니다

나뭇결을 다듬어 새를 깎을 때

바짝 가벼워진 가을이
창턱에 내려앉고 있었습니다

사이편문학상
수 상 시 집

사이펀문학상
제4회 수상자

성 윤 석

수상작
빙장

심사위원
이하석

근작시
오늘을 극복하셨군요 외 4편

- 1966년 경남 창녕에서 출생.
- 1990년 《한국문학》 신인상 등단
- 시집 『극장이 너무 많은 우리 동네』, 『공중묘지』, 『멍게』, 『밤
  의 화학식』, 『2170년 12월 23일』
- 박영근 작품상, 사이펀문학상, 김만중문학상 수상.

빙장氷葬

　먼저 시신의 몸속에 있는 칩들을 제거해야 하오 팔뚝
이나 무릎에 있는 폰들과 인공지능이 감시하는 대체장
기들 스스로 진화한 랜섬웨어 더블들 잔여파일들까지
수은과 납 성분 기타중금속들은 나중 문제지 다른 지역
에선 어떻게 하는 진 모르지만 여기선, 우리는 액화질
소가스를 사용하오 구시대적이지요 영하 200cm로 시신
을 얼려버리오 그리곤 분쇄하는 거지 그리고 나면 딱
30cm 짜리 관에 들어간다오 냉동 부활 그거 실패한 정
책이오 부활은 성공했지만 자살률이 90프로지요 나머
지 10프로도 정신수용소로 보내지오 어느 나라냐고 물
으셨소 이 별엔 이제 나라 따위 국경 따위는 없다오 지
도자 뭐 이런 존재도 없다오 더 나은 인간이 없다는 거
지 오래전에 이 별은 투표를 통해 빙장을 승인했다오
그때도 지도자는 없었지 발기인은 있었어도, 투표는 10
분 만에 끝났고 모두 빙장을 선택 했소 토양이 모두 오
염되었거든 방금 화성을 얘기 했소 ㅎㅎ 오염되었어도
이 곳 만 한 곳은 없소 분쇄처리가 끝난 관은 모두 오염
지역으로 보내지오 그곳 땅에 묻히는 거지요 관도 모두
한 달 안에 분해되오 미생물들이 다 분해하지요 놀라운
것은 이 분쇄된 시신이 묻힌 곳의 땅들이 살아나고 있
다는 거요 시신의 영양을 빨아먹고 꽃들이 벌레들이 살

아나는 장관을 보인 거요 근데 아까부터 수상했는데 당신은 어디에서 왔소 냉동에서 부활한 것이오 부활이라니, 그럴 리가! 이리 온전할 수가 없소

현실에 대한 고통의 인식 가열하게 표현

이 하 석 (시인, 대구문학관 관장)

본심에 오른 작품들 가운데 마지막으로 논의된 작품들은 윤
병무, 성윤석, 조현석, 김선태, 김재근 다섯 시인의 시 열 편이
었다. 모두 만만치 않은 시력을 가진, 현재 그 기운들이 한창
발화되고 있는 시인들이어서 그 중 한 명만의 선택에 꽤 고심
을 하지 않을 수 없었다. 이들 시들은 한국 시의 현 실정을 다
양하게 보여주는 것들이어서 이 상의 심사는 우리 문학의 시사
적인 중심의 말들을 맛보는 쓰면서도 달콤한 미각의 성찬 자리
이기도 했다. 본심 심사에 오른 작품들은 무엇보다 언어의 기
운에 무게를 둔 것들이 대부분이었는데, 그 말들은 때로 예민
하고도 까다롭게 소통의 열망을 드러내는 욕망들로 드러나기
도 했다. 그 말들을 뿜어내는 현실에 대한 녹록치 않는 고통의
시각들이 다들 만만치 않았다.

그 가운데 수상자로 성윤석을 뽑은 것은 현실을 드러내는 도
구로 언어를 쓰는 데 따르는 한계를 정직하게 수용하면서도,
그럼에도 불구하고 현실에 대한 고통의 인식을 누구보다도 가
열하게 표현하고 있어서, 그 모순의 통합이 우리 시의 새로운
전망을 가늠하는 한 지평을 보여주고 있다고 여겼기 때문이다.
'작의적'으로 자신을 드러냄을 경계하면서, 몸에 '쿡쿡 찍히는'
직접성과 진정성의 소통의지야말로 그런 현실 인식을 넘어서

는 변할 수 없는 힘으로 여기는 듯하다. 결핍된 시대의 자화상을 그러한 직접성과 진정성으로 그려내고 스며들려는 욕망을 우리는 그의 시에서 느끼기에 신뢰한다.

오늘을 극복하셨군요 외 4편

비가 내렸고 이메일을 받았다
그는 줄기차게 자신이 오늘을
어떻게 극복하는지에 대해 장황하게
설명했다
오늘을 극복하다니!
오늘은 사람이 나열하는 감정일 뿐,
오늘은 오늘에 있지 않고
내일에도 없고
과거에도 없다
(스마일이 스마일을 먹어치우듯이)
접시에 담긴 음식들이
내가 먹어치우자
아무도 발견하지 않은 채로
고요 속 부패를 견디다가
다시 씻겨 지고 닦여져
다른 접시 위에 쌓여지듯이,
손가락으로 퉁기면
쨍, 소리가 날듯 한 바로 그 접시 말이다

비와 요리

구름은, 자신은 추락하지 않고 대신 비를 떨어뜨린다
구식 음악을 틀어놓고 요리를 한다
너는 어쩌다 사랑을 잃었니...내가 나에게 묻는다
파를 다듬고 새우를 볶고 올리브 기름을 두른다
무리를 지으나, 무리를 짓지 않는 건 구름 뿐이
아니겠어...
후추를 뿌리고 와인 병을 딴다
너는 어쩌다 사랑을 잃었니... 술을 마시고 옆집
벽에서 흘러나오는 아이의 그악스러운 울음을 듣는다
볼륨을 높인다 빗소리가 음악에 잠긴다
한 사람이 요리를 하는 밤이 비 오는 밤이다
너는 어쩌다 사랑을 잃었니.. 닭살을 튀기다
그는 주저앉는다
각자의 접시에 담은 음식들을 한 곳에 쓸어넣는다
한 사람이 음악을 듣는 밤이 비 오는 밤이다
나는 사랑을 다 잃었다고 마음먹는다
지나가는 것을 믿지 않는다
창밖 비 오는 들판으로 음식들이 쓸려 가 다시 뿌리를
내리고 꼬리를 얻고 잎을 틔우는 환영이 음표처럼 지나간
다
너는 어쩌다 사랑을 잃었니
길고 긴 길을 생각하는 밤이 비 오는 밤이다

엎질러 버린 문장

내가 잘 살지 못하는 이유 (화단에 다 있다)
인생을 두 부류로 나눈다면
돼지고기를 삶을 때 두부를 넣는 부류와
넣지 않는 부류가 있다
그런 기준이 백만 원 들여 만든 화단에도 있다
가장 견고한 건 견고한 일상이다
시간에 맞춰 일하고 밥 먹고 싸는 것
아무도 깨뜨릴 수 없다
그렇게 살지 못했다는 게
내 실수다
화단에서 말을 엎질렀더니, 이렇게
되어버렸다 이렇게 되어버리는 것

너는 가지 여러
슬픔 으 ㄹ
가졌   구나

사람이   가버 렸
는데   차 ㅅ 잔은
식지 않 았
가장 짧은 시간 다
으ㄹ 보아ㅆ다

팔월의 배롱나무

절 입구 집 입구 아파트 입구에 배롱나무 심은 뜻을
나는 모른다

팔월에 붉은 꽃이라니, 중얼거리며 드나들 뿐

다만 배롱나무 거죽을 한 꺼풀 벗긴 듯한 미끈한 몸을
기억할 뿐이다

역병도 벌레도 곰팡이도 배롱나무를 통과한 뒤 온다

나는 배롱나무 아래에 앉아 담배를 피우고
소주 한 병을 마신 일이 있다

어지러운 눈으로 배롱나무 꽃잎들을 깨문 적이 있다

배롱나무 미끈한 몸에서 미끄러져 본 일이 있다

고대 생물처럼
검고 조그만 벌레처럼

마르는 시간

멀리 가자 아주 멀리 가 버리자
으깨어진 은행 알 냄새 같은
날들을 지나왔다

아욱 상추 애호박 쑥갓 단배추
같은 것을 내놓았으나
그것들은 너무나 잘 말랐다

내가 아는 그의 몸은 앙상한 나뭇가지처럼
야위어 갔다
그 가지의 끝들엔 많은 날들
섬뜩한 감정들이 매달려 있었다

연인이여 상대의 성별로 다시 태어나지
못한다면 아무것도 변하지 않을 것이다

시를 쓴다
문장으로 매일 끝을 보려는 것
칼은 끔찍한 것이다

권총의 총구를 입에 쑤셔 넣고

세상의 장중한 음악이 들려오기
전에 가려는 배우여 마른 자여
멈추라

한 번에 끝낼 수 있다면
그런 것인가
인간은 결국 같은 시간을 꿈꾸었던 것인가
나는 한 때 이것을 용납할 수 없었다

사이편문학상

수상시집

사이편문학상
제5회 수상자

김 참

수상작
미궁

심사위원
김성춘

근작시
검은 개들 외 4편

- 1973년 경남 삼천포 출생
- 1995년 《문학사상》 등단
- 시집 『시간이 멈추자 나는 날았다』, 『미로여행』, 『그림자들』, 『빵집을 비추는 볼록거울』, 『그녀는 내 그림 속에서 그녀의 그림을 그려요』, 『초록거미』
- 저서 『현대시와 이상향』
- 현대시동인상, 김달진 젊은시인상, 지리산문학상, 사이편문학상 수상
- 인제대 교수

미궁

사흘 내리 내린 눈이 모든 것을 덮었다. 구층 우리집도 눈 속에 파묻혔다. 냉기 도는 계단을 밟으며, 나는 일층으로 내려왔다. 현관을 박살내고 들이닥친 눈이 우편함 앞까지 밀려와 있었다. 오월도 끝나 가는데 무슨 눈이 이토록 퍼붓는단 말인가. 누군가 뚫어놓은 통로를 따라 막장 광부처럼 조심조심 걸었지만 눈 밖 세상으로 통하는 길은 보이지 않았다. 언 손 비비며 천천히 걷다 발을 헛디뎌 다른 통로로 굴러 떨어졌다. 꽁꽁 얼어붙은 사람 몇이 차가운 눈 위에 쓰러져 있었다. 가까이 다가가 흔들어봤지만 미동도 없었다. 온기도 생기도 없었다. 어두운 통로를 휘감고 돌며 낮은 기타소리 들려왔다. 소리 나는 쪽으로 한참 걸었지만 통로는 막혀 있었다. 언 손 불어가며 길을 내는 동안 시간은 물처럼 흘렀다. 배고프고 춥고 졸음도 쏟아졌으나 잠들면 얼어 죽을 것 같아 앞으로, 또 앞으로 나아갔다. 하루하루가 꿈처럼 지나갔다. 머리부터 발톱까지 꽁꽁 얼었지만 심장은 여전히 뛰고 있었다. 눈을 파헤치며 다시 앞으로 나아갔다. 갑자기, 벽이 허물어지고 다른 통로가 나타났다. 멀리서 희미하게 불빛 하나 반짝이고 있었다. 가까이 다가가자 불 켜진 창이 보였다. 얼어붙은 창문을 열고 집 안으로 들어가, 여기 누가 있냐고, 아무도 없냐고, 아무도 안 계시냐고, 커다랗게 소리질렀지만, 아무도 대답하지 않았다.

미궁, 그 현실의 고통에 도전하는 큰 폭의 상상력

김성춘 (시인. 전 동리목월문예창작대학 교수)

 예심을 통과해서 본심에 오른 작품들은, 정익진의「유리 바다」외 1편, 최휘웅의「코로나」, 한정원의「조슈아 나무 아래의 감자」외 1편, 최은묵의「리플리 증후군」외 1편, 김참의「미궁」외 1편이었다.
 본심에 오른 다섯 분의 작품들은 모두 만만치 않은 시력과 뛰어난 시적 테크닉 그리고 개성적인 언어의 운용을 보여주고 있어 수상작 한 분을 선정하는데 고심이 많았다

 시적 긴장을 잃지 않고 주제를 치열하게 밀고 가는 완성도가 높은 작품성과, 사물에 대한 인식과 사회에 대한 인식을 깊이 있게 보여주는 대상 작품들은, 현재 한국시의 다양한 목소리와 그 수준을 보여주고 있는 것 같아 사이펀 문학상의 높은 위상을 짐작 하게 했다.

 그 가운데 수상작으로 선정된 김참 시인의 작품들은, 불확실한 미궁 같은 삶 앞에서, 꿈과 무의식의 세계를 유연하게 넘나들면서 고통스런 현실의 삶을 큰 폭의 상상력으로 아름답게 전개 시키고 있어 높은 신뢰감을 주었다.
 오월에도 눈이 내리는 이곳, 통로는 막혀 있고, 거리에는 얼

어붙은 사람들이 쓰러져 있는 암울한 도시, 그러나 어두운 통로 끝에서 들려오는 낮은 키타 소리가 있고, 멀리 불 켜진 창들이 아직도 보이는 도시, 시간이 물처럼 흘러가고, 하루하루가 꿈처럼 지나가는 이 곳, 우리 사는 곳, 음악과 눈송이, 꽃을 감각적으로 대비시킨 김참 시인의 환상적인 시편들은 충분히 매력적이었다.

　수상자 김참 시인께 축하를 드리고, 본심에 오른 시인들께도 건강과 건필을 빈다.

검은 개들 외 4편

레코드 가게 앞에 검은 개들이 엎드려 있다. 스피커에서 흘러나오는 음악을 듣고 있다. 길을 건너온 녹색 원피스 여인이 개 한 마리 데리고 돌아간다. 주인 없는 개들만 남아서 음악을 듣는다.

차들은 모두 어디 있는지 도로는 텅 비어 있다. 모래바람이 불고 도로 곳곳에 기이한 풀 무성한 이곳은 아무래도 다른 이의 꿈속 같다. 도로 저편에서 다가온 버스에서 검은 옷의 여인이 내린다.

검은 옷 여인이 낡은 악기를 꺼내 연주를 시작한다. 자장가 같다. 음악 듣던 개들이 스르르 잠든다. 골목 뒤에서 녹색 제복 군견병 몇이 나타나 잠든 개들을 깨운다. 검은 개들을 데리고 돌아간다.

비트

녹색 원피스 여인이 옥상에서 빨래 걷을 때, 어디선가 들리는 총성. 여인은 무덤 쪽으로 고개를 돌린다. 화약 냄새 퍼지는 무덤 옆에서 연두색 풀이 돋아나고 무덤 뒤 숲에서 새들이 운다. 새들은 보이지 않는데 울음소리만 숲을 흔들고 있다. 숲에서 마을로 이어진 길 따라 램프 든 아이들이 걸어 나온다. 흔들리는 불빛이 어둠을 밀어낸다. 낮도 아니고 밤도 아니고 새벽도 아닌데, 어디선가 다시 총성. 녹색 제복 군인이 지붕 아래로 떨어진다. 군인과 함께 떨어진 군장에서 초록 뱀들이 쏟아져 나온다. 녹색 원피스 여인이 빨래통 들고 옥상에서 지상에서 내려올 때, 어디선가 다시 울리는 총성. 누군가 가슴을 움켜쥔다. 어디선가 음악이 들린다. 느리고 음산한 춤곡이다. 누군가 마지막 숨을 쉬는 동안 무덤 옆에서, 붉은 꽃 가득한 옥상에서, 우물 뒤 음지에서 긴 잎 늘어진 녹색 풀들 빠르게 자라고 있다.

흡연 구역

　낯선 여자가 현관문을 벌컥 연다. 원숭이를 데리고 들어온다. 아니, 집 안에 원숭이를 막 데리고 들어와도 되는 거요. 화가 나 고함을 지르는데 원숭이가 참 귀엽다. 노란 눈의 작은 원숭이가 여자 어깨에 앉아 바나나를 베어 먹고 있다. 여자는 웃으며 인사를 한다. 아버지, 그동안 어떻게 지내셨냐고. 순간 나는 멍해진다. 내 아들은 이제 여덟 살이고 나에겐 이렇게 장성한 딸이 없는데. 벌어진 입 다물지 못하고 멍한 표정 짓는데 부엌문이 열린다. 망고 주스 담은 잔 세 개를 쟁반에 든 검은 잠옷 여인이 나타난다.

　아니, 저 여자는 또 누구란 말인가. 내가 모르는 이들이 내 집을 제집처럼 막 드나들어도 되는 건지 생각하는 사이 원숭이가 내 담뱃갑에서 담배를 꺼내 제 입에 문다. 검은 잠옷 여인이 성냥을 그어 불을 붙여준다. 나도 얼떨결에 담배를 하나 꺼내 입에 문다. 원숭이가 성냥을 그어 불을 붙여준다. 낯선 딸이 붉은 재떨이를 들고 온다. 검은 잠옷 여인과 낯선 딸도 담배를 꺼내 하나씩 입에 문다. 성냥을 그어 서로에게 불을 붙여주고 사이좋게 담배를 피운다. 거실은 순식간에 매캐하고 희뿌연 담배 연기로 가득 찬다.

폭염

늦잠에서 일어나 커튼을 걷는다. 창밖에 우주선이 떠 있다. 우주선에서 외계인들이 뛰어내린다. 새처럼 날아 베란다로 들어온다. 그중 하나가 손 내밀며 악수를 청한다. 우린 구면이죠? 그렇군요. 어디서 봤는지 기억나지 않지만, 확실히 안면이 있다. 같이 온 두 외계인은 낯을 가리는지 베란다에서 붉은 꽃 피운 외계 식물들을 구경하고 있다. 구면인 외계인이 초면의 외계인들을 소개한다. 우리는 서로 적당히 인사를 나눈다.

손님이 왔으니 대접을 해야 하는데 마땅한 게 없어 냉장고에서 막걸리를 꺼내 붉은 대접에 골고루 따른다. 우리 고장 특산주인데 맛을 한번 보시죠. 순식간에 잔을 비운 외계인들이 눈을 커다랗게 뜬다. 이런 기막힌 술은 처음이라며 감탄한다. 하기야, 내가 마셔본 막걸리 중에 세 손가락에 들어가는 상동 막걸리니까. 그럴 만도 하겠지. 구면인 사내가 막걸리를 좀 얻어가고 싶다는 뜻을 전한다. 아쉽지만 집엔 남은 게 없다고 했더니 꼭 좀 구했으면 좋겠다는 뜻을 전한다.

막걸리를 사려면 집 근처 두배로 마트에 가야 하는데, 밖에 나가기 싫어 적당히 둘러댄다. 아쉽지만 어렵게 구한 술

이고, 생산량이 많지 않다고. 오늘만 날이 아니니 다음을
기약하자고. 미리 연락을 주고 오면 술을 구해놓겠다고. 외
계인들은 아쉬워하며 다음에 다시 오겠다는 뜻을 전한다.
우리는 손을 내밀어 작별 인사를 한다. 외계인들이 새처럼
날아 우주선으로 돌아간 뒤 빈 대접을 치우고 커튼을 친다.
냉장고 문 열고 막걸리 한 통 꺼내 뚜껑을 딴다. 연일 폭염
이 계속된다. 막걸리 사러 나가기엔 너무 더운 날이다.

무한 변주 실험

실험실엔 의자 책상 플라스크 그리고 검은 치마 여학생
들. 파란 액체가 든 플라스크 들고 맨손체조 하는 여학생
들. 파란 액체가 든 플라스크 들고 담배 피우는 여학생들.
파란 플라스크 흔들며 나의 미발표 실내악, 아무도 없는 실
험실의 밤을 들으며, 천정에 붙은 녹색 나방을 노려보는 여
학생들.

실험실엔 의자가 하나, 둘, 셋. 책상이 하나, 둘, 셋. 검은
얼굴 여학생 하나, 둘, 셋. 파랗게 빛나는 플라스크 하나,
둘, 셋. 아무도 없는 실험실에서 진행 중인 나의 무한 변주
실험. 아무도 몰라주는 고독한 실험. 아무도 없는 실험실
에서 되풀이되는 무한 변주 실험.

실험실 밖 뜰엔 나의 미발표 실내악, 아무도 없는 실험실
의 밤을 듣는 파란 눈의 외계인들. 쏟아지는 눈과 칼 같은
바람에 눈물 흘리는 외계인들. 녹색 얼굴 외계인들. 머나
먼 별에서 비행접시 타고 온 사람들. 파란 플라스크를 들고
공중을 날아다니는 외계인들을 향해 검은 개들 컹컹 짖어
대는 밤.

실험실 밖 은행나무에 매달린 옥외 스피커에서 나의 미발

표 실내악, 아무도 없는 실험실을 위한 밤이 흐르는 밤. 키 큰 나목 아래 놓인 검은 플라스틱 의자에 앉아 눈 코 입 없는 여학생들이 파란 플라스크 흔들며 끝없이 흐르는 음악을 듣는, 서늘한 밤.

사이편문학상
수상시집

조 말 선

수상작

환대

심사위원

강은교 조창용

근작시

수국 외 4편

- 1965년 경남 김해 출생.
- 1998년 부산일보 신춘문예 당선.《현대시학》등단.
- 시집 『매우 가벼운 담론』,『둥근 발작』,『재스민 향기는 어두 운 두 개의 콧구멍을 지나서 탄생했다』
- 현대시 동인상, 현대시작품상, 사이펀문학상 수상

환대

　당신은 뒷모습이 없고 둥근 아치형입니다 나는 한 번
도 누군가의 아들이 되어본 적이 없는데* 괜찮으시겠
어요? 식사 때면 오른손을 사용하느라 눈에 띄지도 않
고 살인을 저질렀을지 모르는 사람입니다 이 발과 저
발을 번갈아 사용하는 산책과 달리 들리지 않는 사실을
말할 생각은 없어요 쌍욕이 튀어나올지도 모르거든요
그렇게 안 보인다는 말은 지겹도록 들었으니 진심으로
대해주시겠습니까 긴 아치를 지나갈 때는 환영받는 기
분입니다 목구멍으로 꿀꺽 넘긴 굳은 빵조각을 다시 내
뱉을 생각이 없는 내 식도가 떠올랐거든요 대체로 건강
한 육체를 가졌지만 오빠라는 말은 들어보지도 않았습
니다 당신은 경청하기 위해 태어난 귀 같군요 이 경우
에는 침묵이 악덕이므로 오른손과 왼손을 마주치려합
니다 오른발과 왼발을 동시에 구르며 답례를 해도 되겠
습니까 내가 바로 당신을 돌보러 온 자가 틀림없지만
누가 누구를 돌보게 될지 지켜봐야 합니다 두 팔을 옆
으로 쭉 뻗어 올려서 당신은 둥근 아치형입니다 능소화
처럼 매달린 빨간 귀들이 쫑긋거리며 윙크하느라 나는
별꼴이라는 표정을 감출 수 없습니다 밤이 이슥하도록
꺼지지 않을 것 같은 능소화가 그런 당신을 켜둘 참이
군요 당신이 하는 접대에 당신이 즐거워하는 표정을 하

고...... 언니, 라고 부르는 게 제일 어렵습니다 선생 말
고도 다른 호칭이 있을 겁니다 아, 지금 삼키는 알약은
비타민제니까 그런 눈으로 보지 마세요 당신의 눈동자
가 능소화처럼 빨갛습니다 오늘 밤 당신은 잘 생각이
없어 보이고요 내가 잠들기 전까지 돌볼 자는 누구입니
까 나는 잠깐 잃어버린 우산을 생각하다가 잠들 겁니다
초대장처럼 오른손을 내밀었지만 당신은 줄곧 두 팔을
들고 있어서 언제 악수 할까요

*페르난두 페소아

오밀조밀 언어의 다양한 협곡을 드나드는 기술

강은교 (시인, 동아대 명예교수) · 조 창 용(시인, 사이펀문학상운영위원장)

올해로 6회를 맞는 「사이펀문학상」 심사를 보면서 순도 높은 작품들을 만나는 즐거움이 크다. 본심에 오른 분들은 현재 우리 문단에서 왕성히 활동하는 분들로 권민경, 김수우, 김왕노, 김점미, 김정수, 리호, 박춘석, 백인덕, 송유미, 안민, 안상학, 전영관, 조말선, 천병석 등이었다. 이 분들의 시는 누구에게 수상자를 결정해도 큰 무리가 없었다. 그러나 한편이 좋으면 한편이 눈 밖으로 나는 등 고르지 못한 작품들이 눈의 티가 되는 분들이 몇 분 있어 다시 꼼꼼히 볼 수밖에 없었다.

시적 내밀성에 초점을 둔 서정시와 현대시의 특징 중 하나인 기호적 시법 등 다양한 시들을 일별하면서 《사이펀》에 발표되는 작품들이 상당한 깊이와 폭을 넓히고 있음에 주목했다. 그러다 최종적으로 권민경 김정수 안민 조말선 네 분의 시들을 두고 고심한 끝에 조말선의 「환대」를 결정했다.

조말선 시인의 「환대」는 무엇보다 안정적인 시적면모를 갖추고 있다. "둥근 아치형"과 "능소화"의 두 이미지를 축으로 하여 오밀조밀 언어의 다양한 협곡을 드나드는 기술이 자연스럽다. 그렇다고 시적 긴장미를 떨구는 것도 아니다. 독자들이 이 시를 어떤 식으로 이해할지는 미지수지만 시인의 상상력이 마치 봄바람의 훈풍처럼 자유롭게 행간을 타고 다니는 것이 언어를 다루는데 있어 주저함이 없다. "쌍욕"과는 변별되는 발랄성이 이 시의 또 다른 매력이다. 그만큼 시적 내공이 차올랐다는 반증이리라. 함께 발표된 「이행」도 군더더기가 없었다. 수상자에게 축하를 보내며 더욱 큰 문학의 여울을 퍼트리기를 빈다. 아울러 본심에 오른 모든 시인들에게도 크나큰 문운을 기원 드린다.

수국 외 4편

커다란 머리통을 내민 꽃밭을 너와 함께 걸었지 누구의 것도 아닌 수국의 머리통만한 것이었는데 환하게 불이 들어온 뉴런들이 아름다웠지 우리말고도 꽃밭을 둘러보는 사람들이 많았으니까 멀리서 바라보는 수국이 너무 아름다워서 가까이 다가가 기념사진을 찍었는데 모두 내 머리통들이었지 속이 훤히 비치는 뇌는 기분으로 가득 차 있었지 기분은 왜 뇌로만 몰려드는 것일까 손이나 잎으로 태어나면 던져버려도 되고 벌써 시들어 버렸을 텐데 머릿속에 수국을 켜두고 자는 것처럼 어제도 나는 내 기분을 쳐다보며 잠을 잤지 대체 기분이 어떠냐고 네가 물었지만 난 물결이라고 했지 그것 같기도 하고 저것 같기도 한데 바로 이것이라고 말해버리면 딱새 같은 충고가 날아올 것 같았거든 이게 파랗게 보이니? 나는 너에게 물었지 글쎄, 라고 대답하는 너에게 그럼 푸르스름하게 보이니? 라고 물었지 아직 새파랗게 질린 채 남은 것도 있었지 자주색처럼 물결이었으니까 너는 알 수 없는 표정을 지었지 그런 거라고, 수국의 기분은 멈추지 않거든

열매들

　환희가 얼마만한 크기인지 모르는 상태로 벌려보는 다섯 손가락

　너의 손은 다섯 가닥 복사꽃처럼 복숭아를 낳을 지도 모르는 꽃잎을 흉내낸다

　끝이 보이지 않는 기쁨은 서로 펼쳐지려는 방향으로 향기를 떨어뜨린다 손톱처럼 더 가려는 성질을 부리면서

　다섯 장의 꽃잎은 집중하고 확산하고 흩어지기에 수월하게 몰입하는 장소를 열어준다

　열매는 자 이것을 가져라 하고 말하며 매달려 있다

　맨 끝에 매달려있다는 것은 맨 먼저 맛보는 너의 눈동자를 주머니에 넣어서 반죽할 수 있다는 것

　너는 얼른 손을 빼는 습관이 있지만 만날 때마다 이것이 방금 수확한 것이라는 듯 미지근한 손을 내밀어 주었다

　공손하게 관절을 오그려 복숭아의 목을 비트는 동작으로 열매가 열매에게 대하는 수만 번의 기시감이 이런 것일까

〉
어떤 무대에서는 칼과 흰 비둘기와 만국기를 낳고도 손은
열매인 것을 잊지 않으려 한다 더 높이 추락하려면

가볍거나 무겁게 흔들리고 무의식을 쥐고 있다

도움닫기 멀리뛰기를 하는 것들은 물방울의 자세로 회귀
하는 중

열매의 주인이라 나서는 자는 열매의 무의식을 따며 죄의
식을 느낄수록 무용하다

세상의 모든 열매는 환희로 벅차오른 층계에서 간당거리
는 농담

한 번에 껍질을 벗겨서 운을 점치는 토템과 망치로 부수
자마자 웃음이 폭발하는 블랙유머와 두 입술을 열어서 서
로의 침을 나누어가지는

이것은 복숭아일까 코코넛일까 라고 물으며 네 손은 수만
번째 수확 중이다

면적과 공간

연못의 주위를 빙 둘러가다가 우리처럼 원을 그리게 되었
다

저렇게 걷고 있는 사람들과 마찬가지로 나하고 너하고 또
너하고 이어보면 생기는 개념이었다

둥근 가시연을 따라하듯이 둥글게 연못을 돌면 돌수록 우
리는 가운데가 텅 빈 관계가 되어갔다

누가 먼저 시작했는지 드러나지 않아서 모두 포함하였다

연못의 가장자리부터 커다란 가시연들이 원을 그리며 수
면을 포위해 가고 있었다
동시에 여러 방울의 핏방울이 번져나가듯이 겹쳐지면 겹
쳐지는 대로 혼자서는 어디서 그만둘지를 모르겠는지 지름
이 점점 거대해지고 있었다

거대해진다는 것은 목소리와 상관없이 연못이 거의 다 됐
다는 생각이 들게 했다

언젠가는 연못의 목이 조여 들고 말리라는 상상을 하고

있었다

　가운데에서 시작하는 것과 가장자리에서 시작하는 것 중
어느 하나에 대한 개념이기도 했다

숲으로

누군가가 숲으로 가자고 해서 일행의 방향이 바뀌었다 모두 숲 밖에 있을 때였다 숲은 한 곳에 모여 있어서 찾기 쉬웠지만 입구가 많았다 출구인지도 모른다 한 사람은 숲의 동쪽으로 가자고 했고 한 사람은 숲의 서쪽으로 가자고 했고 한 사람은 숲의 옆으로 돌아서 가자고 했다가 모두 숲의 앞쪽이 어딘지 모른다고 했다 숲으로 가기 전에 숲으로 이루어진 생각에서 벗어나야하는 문제에 빠진 모양이었다 저 냇물을 건너서 가는 게 어떨까 그냥 이쪽으로 가는 게 좋겠다고 누군가 말해서 저쪽에서 그냥 그쪽이 어디냐고 큰소리로 외쳤다 모두 숲으로 가는 도중에 일어난 일 이었다 모두 숲으로 가는 길에 빠져 있었고 숲은 진한 녹음에 빠져 있었다 숲의 앞쪽은 어디일까 행렬을 태우고 온 버스를 타고 돌아가려면 다시 이쪽으로 나와야 하고 이쪽으로 다 같이 가면 우리는 우리를 잃지 않을 것이다 우리는 숲으로 가는 생각으로 우거졌지만 숲은 녹음이 가장 짙어서 잃어버릴 염려가 없어 보였다

토르소

이 시에는 네 얼굴이 없다

생활이 보일까봐 홑이불 같은 안개를 뒤집어쓰고
복도와 복도와 복도를 몽유하고 있다

복도는 좁고 길어서
은유적이지만
누군가 막 사라진 것 같지 않아?

너는 아닐 거야, 너는 아니겠지
너는 보는 사람

어둑어둑한 복도를 지나간 사람은 시인처럼 생활이 없다

너는 더러운 걸레를 빨아서 복도를 닦고
아름다운 시를 쓴다

키 낮은 관목이 얼굴을 감추려고 아아아아, 자꾸 나뭇잎
을 뱉어 낸다,
고 쓰고 똑같은 복도의 문들을 점검 한다

이 시는 뜻밖의 내부를 가진 문 같아서
나는 자꾸 노크를 하고 있다

이 시에는 울고 있는 네 손이 없다
이 시는 뜨거운 심장만으로 이루어진 구간이다

멈추지 않는 걸레를 쥐고
복도와 복도와 복도를 춤추고 있다

사이편문학상

수상시집

사이펀 신인상

제1회
김 려(등단 필명: 김봄)

제2회
조 준 · 김뱅상

제3회
조영진 · 임윤아 · 전구(문학평론)

제4회
윤준협 · 최재원

제5회
이충기 · 허진혁

제6회
김 서 · 김중호 · 방미영

사이펀문학상

수 상 시 집

제1회 사이펀 신인상

김 려(김봄)

당선작

새점 외 5편

심사위원

강은교 • 구모룡 • 유병근

- 1957년 부산 출생
- 2016년 《사이펀》 신인상
- 시집 『어떤 것은 밑이 희고 어떤 것은 밑이 붉었다』
- 사이펀의 시인들, 나비시회 회원

* 강은교(시인), 구모룡(문학평론가), 유병근(시인)

시를 쓰는 일에는 세 가지 층위가 있다. 첫째 자기 자신. 자기를 표현하는 데서 시는 시작된다. 둘째 언어. 어조와 태도를 어떻게 할 것인가. 표현하려는 대상을 어떠한 비유와 이미지로 포착할 것인가. 개성적인 리듬을 어떻게 창출할 것인가. 이러한 고민이 제기되는 대목으로 시작의 층위에서 핵심 영역이다. 셋째 대상 혹은 세계. 이는 시작의 과정을 통하여 확대된다.

주체와 세계는 시적 지평을 형성한다. 시적 지평이 확대되는 과정은 다양하다. 끊임없이 자기의 내부를 파고들어 갈 수도 있고 자기로부터 나와 사물과 교응할 수도 있다. 감정을 표현하거나 대상을 재현하는 일이 분리되는 것도 아니다. 자기를 지우면서 의식에 비친 사물을 투명하게 현현하는 것도 한 방법이다. 그렇지만 이 모든 지향들이 시적 조사措辭로 귀결된다는 점이 중요하다. 시어의 한계는 곧 시인의 한계이다.

투고된 작품 가운데 아직 자기표현의 생경함에서 벗어나지 못한 시편들도 있고, 정서와 의식을 표현하는 데 있어서 구체적인 언어적 상관물을 얻지 못한 시편들도 있다. 이러한 가운데 김 봄의 「새 점」 외 9편이 줄곧 주목되었다. 시적 대상을 포착하는 솜씨가 많은 수련과정을 증명하는 한편 자기 쇄신의 의지 또한 도드라졌다. 객관 사물을 통하여 내면을 이미지로 조합하는 과정이 순조롭고 존재가 지닌 고통과 상처를 차분한 어조로 서술하는 솜씨가 일정한 수준을 담보한다. 다만 새로움에 대한 과욕으로 난해에 경도된 몇 편의 작품은 자기 조절을 요구한다. 그럼에도 시적 조사가 안정적이고 자기와 세계를 하나의 지평 속에 담아내는 능력을 들어 신인상으로 결정하였다. 관습과 패턴으로 시적 발화가 기울지 않으면서 신기新奇에도 휩쓸리지 않는 자세로 더 큰 정진이 있기를 기대한다.

새점 외 4편

이것은 너무 붉은 색의 탈출구 이건 쓰레기가 아니라 아기야 고양이들이 이걸 보면 안 돼 세상에, 고양이들이 보고 있는데 어떻게 길에 얼굴을 파묻을까

귀가 밝고 말이 많은 바람들과 함께 있을 때면 살찐 새들은 귀가 어두운 척한다 말을 알아듣지 못하는데 어떻게 말을 하겠어 와인 병에 담긴 잘 숙성시킨 능청스러운 빨강을 몸에 바르고

사람들과 함께 오래 살아서 생각할 줄 모르게 된 거래 아무도 없을 땐 날개로 걸어 다닐지도 몰라 얼음 시체를 녹이고 파 껍질을 태우는데 궁극점 없는 동화는 자신의 얼굴에 주검의 초상화를 새기지 아무도 모르게 계단을 낳아서 버리는 거지 우는 줄도 모르면서 눈물을 흘린다고 할까

뿌리를 내리는 것은 세상에 대한 어설픈 거부 좀 더 완벽하려면 얼굴을 땅속에 파묻어야지 무화과나무와 관계를 많이 하는 새는 땅에 떨어지기 쉽다고 시각보다 정확한 후각과 짙은 본능이 필요해 고양이는 아기를 파먹은 얼굴로 웃는다

요즘 비둘기들은 차가 지나가도 비키질 않아 세상을 본다
니까 행간을 지우고 본질을 뒤엎지 물광 파운데이션을 바
르고 아주 다른 형태로 옮아가 버리는

아일랜드, 아임랜드

벌겋게 달궈진 철판 위에서 놀면 엄마가 걱정하지
나는 재밌는데
스킨 에센스를 마시면 머리카락처럼 착해질까

그만, 좀, 하세요, 엄, 마
나는 엄마가 아니잖아요

간단한 얘길 그렇게 길게 하는 게 아녜요 귀를 자를까요
맨머리로 날 수 있게

춤을 출 땐 모른 척하더니 밧줄을 사러 갈 땐 보고만 있더
니
가난하고 낮고 쓸쓸한* 일개미는 잊으라더니

더듬이를 겨드랑이에 묻고 잠든 개미
나처럼 뿌리가 없어
어디가 아픈지 얼마큼 슬펐는지 몸이 왜 다 젖었는지

기다란 검은 머리를 질끈 동여맨 겨울 안개

말이 안 통하는 엄마

새까맣게 모르지

손목을 가위로 찔러야지 링거주사 따윈 뽑아버려

엄만, 뭐든지 오버스러워
엄마가 흘리는 검은 독수리의 무게와 진심의 무게는 다를
거야

금고를 바다에게 주세요, 엄마

*백석

통역가를 신뢰하지 않는 싱코페이션*

비 맞은 음표를 찢는다

진달래 피멍 든 손톱
덜렁거리는 모가지
마른버짐 뒤덮인 강물
속도 잃은 인공위성

뼈가 부풀어 오른다

고흐의 밀밭을 지나는 까마귀
어깨가 사과 베어 물고 안경을 벗는다

존 수르만의 '로맨틱한 초상'에 젖는다
멜로디에 간이 찔린다

파도는 새벽을 앓는다
네가 말하지 않은 것을
11월의 밤같이 쓸쓸하게 듣는 것
기름띠처럼 엉겨있는

네가 숨겨둔 꽃이 있을지 몰라

바닷속에 파묻어둔 히아신스 세 뿌리
여덟 개의 귀가 자란다

꽃이 마렵다

* 당김음

대머리 여가수*

소극장 안 같은
팬터마임

의사가 되고 싶어 흰 가운만 입는
이유를 알 수 없었다

새와 의사의 관계에서 누가 우위에 서는 것이 중요한가
어차피 의사도 새도 진심을 말하지 않았다

시신이 부패하는 네 단계 사각 틀 속에서
무관심을 견디는 방법은
소리 내어 하품하고 헛기침하고 티브이 볼륨을 높였다 낮
췄다 하는 것
기지개를 켜면서 앵무새 우는 소리를 냈다

그러니까
한낮 햇빛 속 빨강 꽃양귀비처럼 환하고 몽실몽실한 뭉게
구름이
커다랗고 묵직한 먹장구름으로 변하는 데에는 이유가 있
었을 것이다

어쩌다가
구름도 그냥, 스스로 모습을 바꾸고 싶었을 것이다

* 외젠 이오네스코

송광사 가는 길

발가락이 셋뿐인 여자가 있었다
5보다는 3을 더 좋아했으므로 개의치 않았다

3같은 남자와 결혼을 하고 여자는
잘 때도 양말을 벗지 않았다

옥곡에서 순천 쪽으로 가는 8차선 도로변
가로수 같던 여자의 33번째 생일에
팔뚝에 '착하게 살자'라고 새긴
착한 남자에게서
발가락 양말을 선물 받았다

여자는
남은 발가락 둘을 묶어

활짝 웃으며
사탕 한 봉지와 다람쥐 먹이를 챙겨서
갈매기 식사 시간에 맞춰 집을 나섰다

다섯 시간을 입 다물고 걷다가
대나무밭에서 자라 대나무와 친척인 줄 알고 있는 동백나

무를 만났다

키가 대나무보다 더 크던 동백 꽃이 길게 떨어졌다

옥곡 IC 사거리 동백나무
어떤 것은 밑이 희고
어떤 것은 밑이 붉었다

따뜻한 기억들 외 1편

*

해가 뜨지 않았다 낙엽처럼 거리를 쓸고 다녔다 항문이
막힌 개를 안은 여자에게 이천 원을 주었다 여자는 거지가
아니라면서 받지 않았다 대신 감자 핫도그 두 개를 사주었
다 한 개는 친구에게 주세요 개는 두 개를 다 먹는 여자의
입을 바라보았다

개 두 마리에게 저녁식사로 먹을 빵의 반을 나눠 주었다
작은 놈은 빵을 먹고 큰놈은 손을 물었다 손이 물렸다고 저
녁을 거를 수는 없었다

분노 없이 개를 때리는 사람들을 말리다 얻어맞았다 두
팔을 뒤로 붙잡힌 채 무릎으로 얼굴을 맞았다 이가 나가고
코뼈가 부러지고 얼굴뼈에 금이 갔다 경찰서에서 조서를
쓰고 병원에서 치료를 받았다

*

육 개월 전부터 그와 친구가 되었다 세련되지 못한 고시
공부를 막 시작했을 때 그가 찾아왔다 고시원 생활의 리듬
을 따라가느라 변소나 세면장에서 서둘러 인사를 하는 것
이 고작이었다 그가 흔들리는 사다리를 한 손으로 잡고 나

를 선택한 옥상에서 우리는 더 친해졌다

 그는 너무 다정했다 나 대신 개를 똘똘 말아서 물탱크 안
으로 사정없이 던져 넣었다 평범한 사람이 아니어도 나는
그를 사랑했다

방치

개들은 오줌을 쌌다
돌들은 언젠가 달이었고 곧 비가 될 것이다

보이는 것은 언제라도 사라질 수 있었다

여자가 접은 종이학에는
내가 잊힌 후의 시간이 들어 있었다

바람이 찾아와서 일러주었다
돌 속에 들어가 맞아 죽은 전생

비를 맞지 않아도 아팠고 종이학을 타고 날아도 아팠다

나로 돌아가기 위해 나를 무너뜨리는 것

돌탑을 만드는 사람이 돌탑 꿈을 꾸는 것처럼
내가 무엇을 기다리는지는 나만 알았다

올 것이 왔다

눈 아래 언 땅

부러진 갈비뼈 위로 돌이 가득했다
죽은 나무들이 일렬로 서있었다

일몰은 사실과 달라서

스러짐을 받아들이면 따사로웠다

신발이 없어서 울고 있는데
발 없는 사람이 웃으며 지나갔다
손을 흔들며

어느 모퉁이에서나 숨죽인 내가 기다리고 있었다

사이펀문학상

수상 시 집

제2회 사이펀 신인상

심사위원 _ 구모룡 • 배재경

조 준

당선작 _ **폐허** 외 4편

- 본명 : 조원숙
- 경남 거제출생
- 2017년 《사이펀》 신인상 당선
- 시집 『유머극장』
- 열시사십오분창작랩, 사이펀의 시인들, 나비시회 회원

김뱅상

당선작 _ **지스팟** 외 4편

- 본명 : 김숙희
- 1967년 경북 안동 출생
- 2017년 《사이펀》 신인상 당선
- 시집 『누군가 먹고 싶은 오후』, 『어느 세계에 당도할 뭇별』
- 열시사십오분창작랩, 사이펀의 시인들, 나비시회 회원

돌연한 병치, 리비도의 욕망 등 신선감 던져줘

구모룡(문학평론가, 한국해양대 교수), **배재경**(시인, 사이펀 발행인)

예심을 거쳐 4인의 시가 올려졌다. 김뱅상, 조준, 조성숙, 현미숙의 시편들이다. 현미숙의 시는 일상을 시적 대상으로 선택한 기회를 보다 구체적인 언어로 진전시키지 못한다. 평이함을 벗어나 경이로운 이미지와 리듬을 얻어야 한다. 조성숙의 시적 진술은 지나칠 정도로 단순하다. 인식에 상응하지만 시적인 수준으로 한 단계 이월해야 한다. 조준의 시에서 서로 다른 이미지들의 돌연한 병치가 돋보인다. 가령 「폐허」와 「명장면에 대하여」 등이 그렇다. 이미지들의 같고 다른 연쇄는 의미의 파장과 무늬를 만든다. 「여름새」와 같이 이미지의 상승 과정이 울림을 준다. 제출된 시편의 수준도 고르다. 「샌드위치」나 「시치미」가 주는 시적 상상과 몽상의 반향이 적지 않다. 김뱅상의 「지스팟」은 소재에 치우친 감이 있다. 그럼에도 리비도와 억압된 욕망을 재현하려는 의도가 주목된다. 「저녁 한때」가 말하듯이 그만의 시적 정신분석에 상응하는 이미지가 구체적이다. 산문시인 「중음」의 짜임도 일정한 수준을 획득하고 있다. 텅 빈 거울

이미지에 이르는 시적 탐문의 과정에서 점층 하는 이미지와 리듬을 형성한다. 물론「정관」과 같은 시편에서 보이는 언어유희는 가볍다. 그럼에도「목관」,「자폐」등의 산문시를 통하여 개성과 특이성을 드러내고 있다.

고심 끝에 김뱅상과 조준을 신인으로 내어보인다. 나름대로 충실한 습작을 경과하였고 그만의 언어를 포획하였다. 이제 공인을 받은 만큼 더 큰 정진을 기대한다.

예심에서 탈락한 분들 중에는 대구와 창원에서 시집 한 권 분량을 보내신 분들도 계셨다. 남다른 열정을 보여준 그분들에게도 격려를 보내며 노력한 만큼 결실은 언젠가 맛난 과실을 딸 수 있을 것임을 잊지 마시고 더욱 분투하시기를 당부드린다.

폐허 외 4편

부추는 잘라도 또 자라니까
자주 잘라주었다

하나에서 백까지 수분이 적어서
까매질 때까지

부추꽃의 고고함을 보았냐는
산내 주말농장 주인에게

초록은 초록일 뿐이라고 말하려다

소나기보다 한발 짝 물러나서
가끔 아무것도 안 할 자유

막 건져 올린 다시마의 반짝거림은

이미 수평선 너머로 사라진 한 조각
물고기 비늘

때로는 예수가 검정고무신을 끌고
에스컬레이터 속도에 속도를 타고
올라간다

일몰

차가운 것들이 온 몸 구석구석
파고들었다

어디로든 솟아오르고 싶었다

동백꽃 셔터가 터지고
동박새 눈테가 박혔다

실핏줄 터진 튤립

오로기 팔에 집중하기로 했다

닿지 않는 마음의 벽면

순한 등은 선반에 앉아있었다

천장과 손끝 사이

수박넝쿨이 출렁이고 있다

명장면에 대하여

잘 여문 콩과 벌레 먹은 콩을 가려내는 일

둥근 밥상이 좌선할 때면 좌선하고
울력의 마음도 은밀히 같이 하기로 했다

찌그러져 세로인 이면을 들여다보아도
그 안에 둥근 얼굴 중심이 있다

밥상 위 가장자리에 그어진 원

자루포대가 지키는 경계를 넘나드는
쌍벽루

면발이 자라나 입술로 자르면
송장이 되어요

알곡 털어낸 볏짚 사이로
산등성이 없어진 쭉정이

죽은 목숨일까요

예고 장면 없이 공포영화 스크린이
올라가고 있어요

공포영화는 너무 잔잔해 너무 시시해

하늘이 다 보인다고 말해주면 좋겠어요

곧 갈아 끼울 휴지라고 말해보죠
천도복숭아를요

여름새

버찌의 까만 속보다 무더운 날

밀도 낮은 두부 구르듯
어린 옥수수 대를 비켜가고 있다

동해남부선은 일광을 지나고

북로를 뚫고 신의주까지
하바롭스크에 다다를 때까지

냉수에 말아먹을 맨밥도

어른어른 피어오르는
낯익은 옷자락도

엄나무 흔들리고 뻗나가는
여러 갈래를 잠재우듯 다독였다

있는 힘을 다해 발끝을 세워 오므렸다

매번 매만지며

더 높은 자리로 이동할까 생각했다

부탄사람들의 간절한 기도처럼
자연이 그대로 익기를

밤새 편히 지냈어요?

노모는 땡볕에 갇혀있다

시치미

일곱 가지 향신료가 아주 작은 나무통에
다 담겨졌다

후추도 고춧가루도 아닌
검은 대마 열매 맛에 밤 꼴딱 새우다니요

거칠게 닦인 포장도로
오징어 먹빛 튀듯 달리다가

겹눈 잠자리에 걸린 매의 눈빛은
쓰개치마로도 가려지지 않았다

코바늘 갈고리에 걸려
늘어졌다 줄어졌다 어제 한 일 똑같고

된장으로 조물조물 무친 시래기
쌀뜨물 부었더니

기와 꽃은 백 년은 지나야 피어나고
백 년의 크기는 어떻게 알까

친환경 제재로 바꾸지 못한 몇 년의 계획 외 1편

- 연애詩 71

　포구나무 덮인 지붕에; 배어있다, 한여름 밤 같은 꿉꿉한 기운이, 흰 칠로 덧댄 후덕한 끈질김이, 검누렇게 변한 회색빛 유리조각이, 서성이는 민낯의 작은 새발이, 반짝거리는 가을볕을; 뭉갠다, 해가 바뀔 때면, 더 가깝거나 멀거나, 파대가리처럼 뻗어가는 습한 공기로, 가장 가까이에 있는 한쪽 면이, 눈치 못 챈 스르륵 가라앉는 유리가루로, 물풀 휘저으면, 구소석 구소석 파고드는 석회앙금으로

도로 위에서

－연애詩 73

　그는 병원 가는 것이 일상입니다 산청에서 생초로 지나는
동안 편안한 운전대 옆에 앉아 듣는 생소한 베어링 소리입
니다 부드럽게 가볍습니다 서툴더라도 반짝이게 살아가기
푯말이 더 생경한 오르골 소리로 들립니다 그는 떨리는 손
으로 가속도 사진을 찍습니다 두 시간 이십분 소요 14시
출발입니다 드디어 함안IC를 지났습니다 지금은 쪽두리꽃
시간 시간은 모릅니다 바닥은 바닥을 긁고 그는 다시 거칠
음을 감싸 안은 경쾌한 소리를 냅니다

지스팟[*] 외 4편

끓어오르기를 기다리고 있어

찌개의 양과 불꽃의 관계에 대해 생각하고 있지 처음에는 강한 불꽃에도 찌개가 쉬이 끓지 않지 서로를 더듬는 시간이지 불꽃에 따라 조금 늦게 달아오르기도 하고 빨리 달아오르기도 하지 공기의 기압과 바람과 장소에 따라서도 다르지 불의 근성이 가끔 냄비뚜껑을 소리치게 만들어 이 소리는 아우성일 수도 정점일 수도 있어 소리라고 모두가 같지는 않지 강약에 따라 짧고 긴 것에 따라 높고 낮음에 따라 모두 다른 맛을 내는 것이지

파란 불꽃이 가장 낮은 곳을 핥고 있어 가장 낮은 곳은 가장 높은 곳을 향해 있지 맛은 넘치지 않아도 돼 불꽃은 꺼뜨려도 괜찮아 불꽃이 불꽃을 향해 찾아가고 있는 중이야

* 여성의 오르가즘에 다다를 수 있게 하는 질 속의 위치

저녁 한때

해거름에 엄마와 산방에 들어요
낯선 냄새 싫어 창문을 열고 하늘과 나무를 안으로 들었
어요
옷을 벗어 나무에 걸어요
속옷은 벗어 하늘에 던졌어요

출렁이는 가슴과 배가 뛰어 다녀요
하늘을 향해 웃어요
선풍기 바람에 솔잎들이 날려요
"선 것이 없으니 이렇게도 편하다"

침대에 나란히 누웠어요
"옆구리가 허전하다야"
베개를 엄마 배 위에 올려 드려요
"자루가 없어 재미없다야 치워라"

엄마, 자루가 만든 든든한 자루 보실래요
어디가 가려우세요
어깨 등 엉덩이 아님 찢어진 소음순

나는 엄마 배 위를 강하게 점프해요

〉
양팔저울보다는
카스 저울을 구입할 걸 그랬어요

눈금이 노란 민들레 쪽으로 기울어요

민들레 씨앗들은 스프링 탄성을 의심한 적 없어요

시간의 껍질 한 겹 벗겨 올려요

붉은 눈금 중심이 심장에 있어요

중음中陰

목을 절단하고 싶었는데 머리카락을 잘랐어요 손 안에 가
득한 피가 욕실 바닥으로 흩어져요 흥건하게 흩어진 것을
보니 마음이 조금 가벼워졌어요 왼쪽 머리를 날려요 거울
속에 난 수세미 짚 같아요 아무도 알아보지 못해요 재 한
줌마저 뿌려 준다면 더욱 모르겠지요 뿌연 오물이 뚝뚝 떨
어져요 자꾸만 나는 사라져요 북데기 수세미가 보드라운
수세미가 될 때쯤이면 나는 이곳에 없을지도 몰라요

나선형 은하의 세계에 들어요 무수히 쏟아진 별들 앞에
오른발을 어디로 향해야 할지 망설여요 다섯 개의 꼭지점
이 각자의 고향으로 향해 있지만 그 희뿌연 무리는 하나를
이루어요 발아래 하나의 별이라도 사라지지 않게 발이 자
리를 잡아요 다음은 왼발, 안으로 들수록 별은 빼곡해요 은
하의 중앙쯤에는 블랙홀도 있을 것 같아요 별들이 발 아래
로 모여 들어요 은하수 길 지나가요 어디에선가 날아온 나
뭇가지 하나 별천지 유형하고 있어요 움푹 팬 마른 계곡 가
랑잎들이 별들과 놀고 있어요 바람 불면 별들은 가랑잎에
몸을 숨기기도 해요 우주의 강을 누군가는 지나갔고 또 누
군가는 지나갈 거예요 뿌옇게 쏟아진 은하 건너지 않고는
이쪽으로도 저쪽으로도 갈 수 없어요 시뻘건 우주정류소
나를 기다리고 있어요

〉
거울을 봐요

거울 속에는 아무것도 없어요

세계우주클럽

동구도서관 반납대에 '화성' '우주와 나' '코스모스' '우주
를 누벼라' '세계 우주 클럽' 누군가 반납한 책에서 크레졸
냄새 진동 한다

병원 침상에 누워 있는 그가 떠오른다 결혼을 했을까 하
지 않았을까 혈액형은 A형일까 O형일까 아이는 하나일까
둘일까

'우주를 누벼라'는 어릴 적 책받침에서 많이 보았던 태양
이 이글거리며 움직이는 그림이 책표지에 붙어 있다 그는
우주로 가고 싶었던 것일까 다른 책보다 표지가 더 많이 닳
고 낡아 있다

그는 우주로 떠날 준비를 미리 하는 것인지도 몰라 병원
침상에서 우주를 열어가는 것인지도 몰라 움직일 수 없는
힘든 몸이 우주에 도착하면 둥둥 떠서 날아다닐 수도 있고
먹지 않아도 배고픔도 잊을 수 있는 곳을 찾았을지도 몰라

'세계 우주 클럽'에도 가입하여 마음 맞는 사람들과 함께
정을 나누었을지도 몰라 고통과 냄새가 없는 그 대우주를
사람들에게 알려주고 있는지도 몰라

〉

누군가 반납한 책에서 크레졸 냄새 진동하는 별 하나 솟
아오를 지도,

찹쌀호두빵

다섯 개 소쿠리에 담겨 나왔다 빵 윗부분 구불구불 박힌
호두 닭 벼슬 같다 어미가 둥우리에 알을 품고 있는 형상이
다 커다란 손 둥우리 옆으로 가자 어미 눈치 본다 눈알 굴
리며 앉은뱅이자리 조금 움직이는듯하다 가까이 간 커다란
손 동그란 빵 꺼낸다 방금 꺼낸 달걀처럼 따끈하다 동그란
배와 뾰족한 머리 중 어느 부분이 더 맛있을까 벼슬을 깨무
니 꼬끼오 소리친다 놀란 난 먹던 빵을 소쿠리에 떨어뜨렸
다 놀란 어미 날개 파닥인다 빵들이 사방으로 달아나고 중
심 잃은 소쿠리 저만치 굴러간다 소쿠리 잡으러 따라간다
소쿠리는 의자 다리 사이지나 탁자 밑지나 햇살 건너 사람
발 사이 빠져나가 숨어든다 어둠 속 흩어진 알들을 찾는 눈
동자 반짝인다 면박 들고 굴뚝 뒤 숨어 나를 지켜보는 순간
이다

히비스커스뱅쇼 외 1편

글라스에 담긴 꽃 한 잔
뱅상이 뱅쇼를 마시니 뱀쇼가 떠오르네
스트로우 감아 오르는 꽃뱀
혀끝에 올려보네

그녀도 파이프를 타고 내려왔지
꽃 피어나듯
감긴 몸을 풀며 서커스를 시작했지
붉게 피어났어

사방에서 쏟아지는 분수를 맞으며
물방울 튕기며 휘어지며
착잡하게 촉촉하게 우아하게

멜랑꼴리 시나몬 향 머금어보네
수조에 물 내려가고 내 몸 끓어오르고
나는, 피어나는 밤

글라스를 넘어온 뱀
목에 감기네
달콤새콤 어우러지네

●근작시 · 김뱅상

23시 49분, 11분 후 더욱 붉어질 꽃
바닥을 보이면 그녀 사라지네
우산을 펴면 혀를 휘감으며
스텝을 밟으며 가는
또 다른 뱅쇼가 되네

카나페 이렇게도 만들어지죠

먼저 아이비 한 통을 사 와요

한 조각의 아이비를 꺼내요 조각 속 12개의 구멍과 호흡
해요

단, 올리는 재료가 조각보다 크면 어그러져요

1월 소문이 입 속에서 부풀어요

2월 바람이 요동치며 #음악이 흘러나와요

3월 햇살 얹힌 고소한 내음이 곁눈질을 해요

4월 데이지 꽃이 시들지 않도록 꼬~옥 투표해요

5월 초록 섬 미래의 섬으로 가는 꿈을 꾸어요

6월 하지의 해는 백야를 불러와요

7월 새들의 바삭 소리에 소문이 묻어와요

8월 쉬어지기 전에 신선한 재료를 처리해요

9월 한 때는 신선했던 폐허도 내 것이었던 걸요

10월 발등에 도끼 찍혀도 울지 않도록 해요

11월 손가락으로 집어 먹는 어둠은 맛있어요

12월 붉은 피망을 썰어 꽂아요 끝에는 블랙 올리브를 썰
어 끼워요

조각 위에 불붙이는 일만 남았네요

현을 위한 아다지오 음악은 흐르고 올리브에 촛불은 누가
켤까요

의자는 누군가에 의해 사라지겠죠
누가 알겠어요
플랫폼이 또 다른 고리를 가져줄지요

제3회 사이펀 신인상

심사위원 _ 유병근 • 배재경

조영진

당선작 _ **멸치털이** 외 4편

- 1972년 부산출생.
- 경성대학교 행정학과 졸업.
- 제2회 전국 문학인 포럼 독후감 공모전 장려상
- 2018 기장 인문학 에세이 공모전에서 대상
- 부산 다대포 '삼익특수사업부' 근무
- 2018년 《사이펀》 신인상 당선

임윤아

당선작 _ **원룸** 외 4편

- 1996년 대구 출생.
- 2012년 충성대문학상 수필 부문 우수
- 2014년 제3회 현진건청소년문학상 단편소설 교육감상
- 2018년 《사이펀》 신인상 당선

유병근(시인), 배재경(시인, 사이펀 발행인)

올해의 신인작품들은 지난해보다 응모자 수만 많은 것이 아니라 어느 정도 시를 공부한 일정수준의 작품응모자가 많았다는 점이다. 그만큼 사이펀이 많이 알려졌다는 것이 기에 고무적이었다. 예심을 거쳐 최종심으로 올라온 작품 들은 모두 일곱 분이었다. 이들 중에는 신인으로 보기에는 부담스러운 상당한 실력을 지닌 분도 있었다. 그래서 예심 과 종심, 최종심이라는 단계를 거쳤다. 그만큼 심사위원들 을 곤혹스럽게 하였다. 1차 예심을 통과한 분들 중 김○○ (전북. 전주)의 시들은 전체 응모자 중 가장 안정적인 작품들 이었다. 그러나 신인다운 패기나 언어의 다양성 면에서 모 든 작품에 담긴 지나친 완결주의가 발목을 잡았다. 최○○ (강원도 삼척), 송○○(경남. 창원), 박○○(부산), 문○○(제주)의 경 우는 시의 본질 중 하나인 압축의 미에서 너무 벗어난 게 흠이었다. 말이 많아도 그것을 이미지화 시켰다면 다른 문 제이나 이야기 나열식이라면 시의 맛을 반감시킬 수밖에 없다. 그리고 남은 작품 들 중 조영진의 시 「멸치털이」 외 9 편은 시의 공간 확보와 이야기의 숙성도 면에서 좋긴 하였 으나 전체적인 이미지의 변화들이 나약한 것이 흠이었다.

임윤아의 「원룸」 외 9편은 간결하면서도 자유발랄한 상상력과 순간전개들이 좋았다. 하지만 시의 작품들이 고르지 못한 점, 시적 이미지의 상승화가 미흡한 점 등이 지적되었다. 결국 고심 끝에 부족하나마 조영진과 임윤아를 신인으로 내기로 합의하였다. 신인에게는 완벽을 기대하는 것이 아닌 앞으로의 미래성을 보기 때문이다. 이런 점에서 조영진과 임윤아를 완벽을 기한 일부 응모자들을 제치고 신인으로 선보이는 이유이기도 하다.

멸치털이 외 4편

논리학 교수의 혀를 잘랐다
속 깊은 곳이 파닥거려 바닷가를 서성이다가
콘크리트 테트라포드 위에 섰는데
생각나는 음악이 없어서

멸치잡이 배 불 밝히고
그물에서 멸치 털어내는 어부들

멸치가 뛰어올라 그물은 출렁이는 것이라고
은빛 지느러미 멸치들 낱낱이 반짝이는
기장 대변항 밤바다

멸치와 그물 사이 멈춘 지상의 흐름

피로 물든 족보 책은 던져버리고
빈 모래톱에 멸치의 음악을 대필하는 필경사의 밤
그물에 걸리지 않는 말들은 심해 속으로
쉰 목을 가다듬고 몽당연필
노래를 따라 불러보지만
손금을 다시 새길 수 있겠는가

집어등 불빛 등에 지고 파닥, 솟아오른다
잘게 찢어진 큰 물고기
찰나의 光氣
최후의 發樂
생애 최고점에서 멸치들은 예감한다

바닥에 떨어진 멸치들
어부 몸에 들러붙어 어부의 비늘이 되고 어부는 멸치가
되어
그러므로 멸치, 그물 움켜잡고 신명나게 헤엄친다

일출은 수평선 아래 매복했고
멸치 내리는 오월의 항구에 멸치와 멸치 아닌 것이 있다

특이점

침대 위의 일을 죄악시하는데 사랑이라니
밥벌이는 신통찮다
사춘기 아들이 반항한다
아내는 또 대출 받았다며 운다

가슴의 통증에 대해 썼더니
온몸 쓰다듬는 바람 불던 날
바다 앞에서 주저 않는 이유는 갈증이라 썼더니
도랑물 차는 소리 나던 날
꽃 이름 하나 외지 못하는데
절벽 주름에 핀 붉은 꽃 보았으니
절벽 높이를 묵살한 죄 무기징역

혀끝에 매달린 말들은 뱉어내고
심장 박동에 밀려나온 말들만 빨아먹을 때
아내 울음소리 귀밑머리 잡아당긴다
울지마
어쩔 수 없는 일이잖아

어깨 너비로 다리 벌린
처음 취해보는 자세
주머니 속 동전 사이로 뜨거운 짱돌 하나 움켜쥔다

만년의 스탕달 신드롬

노인은 사랑을 모두 잃고서야 미술관에 갔어요
소실점 한 점의 위계질서
노인은 지나쳐요
앞발을 들고 서서 그림의 용도를 묻는 관람객들
그림 옆 작가 서명과 해설이 관람객들 눈을 찌르며 미술
관을 뛰어다녀요
가시권 밖을 그린 그림
원근법이 법이 아닌 그림
노인은 발걸음을 멈추어요
화가는 붓질한 흔적을 감추려 하지 않았어요
말로 번역할 수 없는 것이어서
상대성 원리로 흐르는 시간
휘어진 마른 것에 바람이 그려졌고
침묵을 움켜쥐고 흔들리는 것들
노인은 붓질의 이동경로를 뒤쫓아 추격전을 시작해요
붓이 닿지 않은 곳은 빛의 자리
시의 행간을 읽듯 여백을 보다가
노인은 이제 그림 앞에서 그려지기 시작해요
노인도 몰랐던 자신의 정체가 탄로나버렸어요
교통사고 현장
벽에 걸린 스키드 마크
노인은 속절없이 밑그림부터 그려지고 있어요

시작의 시간

거듭된 실패는 달달한 것들 때문이었다
토성에서 온 아이가 블랙커피를 마신다
컵 안 뜨거운 어둠에서 무언가의 정신처럼 김이 피어오르
고
외국어로 된 밤의 우울에 자막은 없어
가슴속 진한 검은 담즙을 스푼으로 휘젓는다
우울은 불면으로
어둠 속 그림자를 맹인의 감각으로 쓰다듬는 밤
백지 위를 수은처럼 구르는 말들을 걷어낼 때
커피잔을 던져버리고 싶은 충동이 커피를 마시게 한다
미칠 것 같은 마음으로
빗물에 구멍 난
불멸을 다짐하는 화석의 각혈을 받아 마시기 위해
불면은 각운이 되고
살지는 멜랑꼴리
어둠을 한 모금 후룩 삼키고
발화 직전의 내 입술모양 기억하는 식은 커피 잔 어루만
지면
상처투성이 말들이 검은 담즙에 흠뻑 젖은 몸으로 백지
주위를 기웃거린다
몇몇은 형상을 요구하며 눈을 부라리고

탯줄을 끊고 달아나는 것들
입양과 파양
고아로 떠도는 것들

검게 젖은 발자국을 백지에 채증해 놓으면
토성은 저물고
먼 부족의 개 짖는 소리

소리

시야가 흐려 안경을 닦았다
안경에 잔뜩 묻은 누군가의 가래침을 닦아내고 멀리 보려
하는데
오른쪽 안경알에 굴뚝
왼쪽 안경알에 구름
안경알에 맺힌 피사체는 압도적이어서
초점을 잡을 수 없다
눈을 감는다

몸 밖에 음원이 없는데도 소리가 들릴 때가 있다
옅은 쇳소리
북소리
소리가 아니라 떨림 같기도 해서
적막을 향해 몸의 숨구멍을 확 열어젖히면
들린다
다시 사람으로 변신하는 벌레 소리
그물 벗어난 물고기 부레끓는 소리
토르소가 팔다리 짐작하는 소리
가슴 속 붉은 장미다발 토해내기 전에는 끊임없을 하루
십만 번의
무언가 훔친 듯한 두근거림을 배음으로

아득해질수록 커지는 이명 혹은 호명

머리채 잡고 질질 끌고 가는 이웃들에게서 간신히 벗어난 날
눈 뜨면 부러질 펜을 꼭 쥐고
첫 임신 태교할 때
내려놓은 눈꺼풀 너머 어른거리는 무언가는

흔들리다 외 1편

흔들림을 가장 잘 받아들이는 생이 갈대다
자드락비가 다녀가곤 했다
이렇게 살까 저렇게 죽을까
비바람에 쓰러졌다 일어설 때마다
속 빈 늑골을 여미며 갈대 뼈는 견고해졌다

흔들림을 수소문해 갈대밭 속을 걸었다
더불어 흔들리기 위하여
흔들림을 양분으로 자라는
갈대를 능가하기는 쉽지 않겠지만
땅에 매달린 그네처럼
좌우 극단을 오가야만
은빛 머리칼은 추출되는 꽃이어서
수두룩한 흔들림에 휩싸여 통점을 털어내다가
깨닫는다,
저를 흔드는 게 실은 제 안의 것이라고

줏대 없는 놈들이라는 루머에 아랑곳하지 않는다
갈대가 한 움큼씩 움켜쥔 허공에는
지상에 창궐하는 흔들림을 향한 질문이 깃들어 있다
흔들리는 것들의 개별성이여

편안함에 이르렀느냐
아직도 흔들림이 모자라는 그대들이여
목 걸고 진정 흔들린 적 있느냐

혹, 바람이 좋아 미쳐 날뛰는 건 아닐까
갈대,
흔들리며 알게 된 모든 색을
붓끝 같은 머리칼에 묵墨으로 처바르고
붉은 엔딩 앞에서 흔들림을 퇴고 중이다
흔들림의 저작권은 갈대의 것이다

유전

의자는 앉아 기다렸다
사다리만 올라갔고
침대는 끝끝내 납작 누워있었다
자명종은 때만 되면 울음을 터뜨린다

타고났다는 말

발굽에서 편자를 떼내려다
맞아 죽은 말을 삼켜버린 말
뱉지 않으려 악다문 입 속 그 말
이빨을 다 깨부수고 나와
지구본을 돌린다

채찍 맞는 말 목을 끌어안고 울어줄 니체는 신과 함께 죽
었다
 세상이 멸망해도 사과나무를 심겠다는 그들은
 떨어진 사과 굴러가는 방향만 바라본다
 새빨간 사과가
 중력을 알려준 것 말고 한 게 뭐란 말인가

 밤하늘 만삭의 달을 보는

돌연변이는 종의 기원

알을 깨고 나가야 한다는 풍문이 돌았다
악수할 때 왼손을 내민 것이 실마리였다

보름달이 쪼개져
두 조각의 반달이 떴다
코뚜레 벗은 소의 허밍 소리
말이 채찍으로 범종을 쳐 울린다

원룸 외 4편

봄은 부드럽고 여름은 끈적하고
가을은 축축하고 높고
겨울나무는 비썩 말라
여름과 몸 섞으려 하지만

아직은 본능적으로
사랑한다 쪼았다
애인은
봄은 조금 가지럽고

여름은 예민하며 배가 고프고
가을은 할 게 없으며 겨울은
숨 막히기 좋은 계절이라
사랑을 버릴 수 없다고 말했다

그럴 때마다 계절 없는 집에서
몸을 섞고 싶어졌다
저질 영화를 틀어놓고 한가득
몇 번째 사계절인지 돌아봤다

봄은 단편적인 불행

여름엔 땀난다고 잘 보지 않았지만
가을엔 아무것도 안 해도 웃음이 났고
겨울엔 너희 집에서

내 아랫도리에 문 하나를 그렸다가 닫았다.

상징적 부부형

버뮤다의 얼굴을 가진 여자가
심해 같은 키스를 하고
발광 같은 성격을 안고
결혼하자 한다

아이를 아이로 다룰 수 있을까
한 겹씩 치는 게
짜증이 나 피아노 선생님 앞에서
그랜드 피아노를 불 태운 제자가

물컵을 엎고
개미를 밟고
친구를 홧김에 때리는 아이를
때리지 않고 키울 수 있을까

잘 모르겠다
아직은 사람이 본래 선할 수 있는지
아버지의 폭력을
구현하지 않을 수 있을지에 대한 확신이 없다

최면

다섯 번째 살고 있다고
생각한다
일방적인 대화이지만
당신이
나의 언어에 다치리란 확신이 있다
쓰지 않는 삶에게
매료되어
남은 노년을 편히 보내고 싶다
그때쯤이면
일방적인 죽음에도
두렵지 않고
당신이 꿈에 나와도
아프지 않으리라
온 신경이 개양귀비밭 되어
넘실넘실 춤을 추지만
여섯 번째
꽃밭에 태어났다고
생각해본다
벌써
사랑이 심플해졌다

혼자 하는 체위

저질 영화를 모처럼 봤다
주말이었으며 만나고 싶은 거리가 없었다
맛있는 걸 먹었지만
배는 충분히 부르지 않았다

밤이 깊었다
보고 싶은 게 많았지만
우주의 끝을 보아도
심심할 것 같은 기분이다

길가다가
마음에 드는 사람
인상이 죽은 사람
나를 닮은 사람

몇 번인가 마주쳤지만
말을 걸기엔
이번 저녁은 허기졌으며
목표 없는 말을 꺼내고 싶지 않았다

불을 다 끄고 방에 엎드려

병과 병을 옮기는 행위를
지속할 동안
길가다가 보지 못한

안 예쁜데 괜찮은 사람
안 괜찮은데 예쁜 사람
사랑을 모른 척한 사람
연을 날리다 날아오른 사람

상상하며 긴긴 밤을 보냈다
느낌이 쉬이 오지 않았다

너는 나의 거울

여자의 입술이 부르트고 창백하여도
아름답다는 세상이 올 것이다

곳곳마다 거울을 설치하지 않아도 되는 마을과

뚱뚱한 여자가 미의 기준이라는
어느 나라처럼

곳곳마다 여자를 개처럼 고양이처럼 부르지 않는

나라가 올 것이다
남자다움을 남자에게 강요하지 않고

여자다움을 여자에게 강요하지 않으며

이곳 한국에서
동성애자 부부가 아이를 입양을 할 수 있는 제도

서로 마주보며 얼굴을 닦아주는 사회가 분명 올 것이다

몽당연필 외 1편

숲의 발목쯤 오는 아이가 숨죽인 채 그림을 그린다 하늘 색은 회색 노란색은 붉은색 피 흘리는 슬픔은 사방팔방 찢어져 흔적도 없이 사라진 무색無色이다 머리가 없는 사람을 그리던 아이가 뭉뚝한 연필로 꽃의 머리를 칠한다

영재 시험 발표가 있던 날 아이는 악몽 속에서 사람 하날 그리고 있다 어른들은 아이가 펼쳐낼 하늘을 지켜보고 있다 빳빳이 굳은 아이의 얼굴은 태양의 홍조와 구름의 창백과 적막의 흑빛을 닮아 눈멀도록 새하얗다

이대로 터져버려도 결백하지 않은가 연필은 부러질 듯 부러지지 않고 종이는 녹아날 듯 녹아내리지 않는다 짓무른 그림이 아이의 손목을 댕강 잘라내도 아직 미완성이다 식은땀에 젖은 아이가 쓰러진 어머니를 흘긴다

안방 너머 종이 찢는 소리가 울리고 밥 짓는 소리와 알람 소리 한데 뒤섞여 검은색이 된다 두 종아리는 더 그려질 자리도 없다 여기서 몇 번의 숲을 더 베어야 하늘이 무너질까 손목 없는 아이가 그림을 완성시킨다

발목쯤 오는 몽당연필 하나, 밤새 움켜쥐고 있다

〈수〉

어렴풋한 봄이 왔다
심장을 두 번 쥐었다 펴면
으스러지는 꽃잎들에
허기가 진다
방과 방을 관통하는
문을 원한 적도 있었다
맞는 열쇠가 없어
미로를 헤매게 되는
열쇳구멍이나
녹이 슬어 아무도 만지지 않는
손잡이 같은 것이 되고 싶었다
어느 날은 가난했고
어느 날은 부족함 없이 사랑받았다
마음을 닫아도
연인은 태어난다
그것이 죄스러워
꿈속에서도 고개를 들지 못했다
나이가 든다
그다음 숫자를 헤아릴
자격이 없어
문밖 과녁이 될 준비를 한다

제4회 사이펀 신인상

심사위원 _ 송진 · 배재경

최재원

당선작 _ 가장 아름다운 소년
외 8편

• 1988년 경남 창원 출생.
• Princeton University
• Rutgers University
• 화가
• Hyperallergic 기고
• 2019년 《사이펀》 신인상 당선
• 2021년 김수영문학상 수상

윤준협

당선작 _ 사랑도 내일처럼 없을
것이다 외 6편

• 1993년 충남 논산 출생
• 고려대학교 국문학과 졸업
• 2019년 《사이펀》 신인상 당선

시인은 시의 제물에 불과한 존재

배재경(시인, 발행인), 송 진(시인, 책임편집인)

예심을 거쳐 총 6명이 본심에 올라왔다.

「뱅어국」외 9편을 응모한 최○운은 언어의 간결성과 압축미를 위한 노력이 돋보였다. 그러나 지나친 관념어와 설명으로 풀어진 부분들이 자주 눈에 띄어 다음을 기약해야 했다.

「아귀탕을 먹는 자세」외 9편의 김○수는 소재의 폭이 넓고 다양해서 눈길을 끌었다. 「감정노동자」처럼 사회의 아픔을 노래하기도 하고 「외할아버지의 섬」처럼 독도를 외할아버지에 빗대어 표현하고 '초병의 증언'처럼 새겨 듣'기도 한다. 하지만 작품의 편차가 심하고 과거를 녹여내어 현재와 미래의 시공간을 넘나들지 못한 점이 아쉽다.

「물의 시간」외 19편을 보내준 박○희는 「돌고래의 외출」처럼 즐거운 상상력으로 시의 세계를 펼쳐나간다. 그런 반면에 「서연이에게」, 「김밥 천국」같은 시는 시적성취도 면에서 다른 시와 차이가 많이 난다. 자신의 시를 좀 더 냉철하게 바라보는 견자의 시선이 필요하다.

「너가 준 꽃」 외 9편을 응모한 홍미영은 꾸준히 오랫동안 성실하게 시를 고민하고 쓴 흔적이 엿보인다. 시는 스스로 길을 찾아 개척해 나아가야 하기에 슬프게도 어렵고 고귀하지만 천하다. 「풍뎅이」를 '한 알 한 알 올곧이 익혀가는 산딸기'라고 표현한 참신한 문장도 있지만 「대문가에 질긴 목숨으로 비집고 올라오는 잡초의 번식력」 같은 낡은 표현들이 더 자주 있어 용기와 개척이 필요한 신인으로 선하는 것을 주저하게 만들었다. 시는 스물 네 시간 늘 깨어있는 편의점 정신이다. 특히 신인이라면 더더욱 마땅히 그러해야 한다. 그리고 시 한 편에 다섯 번이나 나오는 '~까'도 꼭 필요한지 한 번 더 생각해보기를 바란다. 의문의 과정은 내밀하게 익어가는 사유의 자연스러운 과정이지만 계속 과정만 진행된다면 심사의 과정이 상당한 아쉬움으로 귀결될 수밖에 없다.

「사랑도 내일처럼 없을 것이다」 외 9편의 윤준협은 언어의 결을 여러 갈래의 줄기로 맑은 영혼의 손길을 내밀고 있다. 시는 대자연이고 또한 무한한 자유이기에 더없이 아름답고 측은하다. '꽃나무는 엉성하게 필 것이다'라는 문장처럼 시인이라는 자는 빠르게 변화되는 4차산업혁명의 사회에서, 정신보다는 돈이 더 인간의 존엄성을 앞질러가는, 감수성이 극도로 메말라가는 자본주의 사회에서 기웃거리기조차 버거운 사람이다. 윤준협은 그것을 잘 알고 있는 사람 같다. 그러면서도 아름다운 모국어로 비굴하지 않게 시를 쓰고자 하는 마음이 한 겨울 얼어붙은 골목길에 비춰지는 한 조각 햇살처럼 따사롭다. 그 마음이 시를 밀고 가리라 하는 믿음이 간다.

「가장 아름다운 소년」 외 9편을 응모한 최재원의 시 첫 장을 넘기며 상당히 놀랐음을 고백한다. 무음의 폭발음을 지닌 무차별적인 난타의 시다. 그러면서 더 놀라운 것은 시의 구조가 상당히 안정적이라는 점이다. 불안감 속의 안정감은 고도의 숙련된 시의 구조다. 또 한 가지 더 첨언하자면 「삭는 육각형」, 「사우나」, 「묵사발이 될 줄 알아」처럼 주변의 어떤 사물로 시를 써도 스스로 시가 되는, 무섭고도 놀라운 시의 경계를 지니고 있다.

윤준협, 최재원 중에 누구를 선할 것인가... 우리는 잠시 고민을 했다. 두 사람 다 시에 대한 믿음이 갔기에 길게 고민 할 필요가 없었다. 우리는 윤준협, 최재원 두 사람을 사이펀 신인상으로 선하는데 주저함이 없었다. 원래 존재했던 별 두 개가 시단에 자신의 존재감을 활짝 핀 국화처럼 흠뻑 드러내는 순간이다. 박수를 보낸다. 진심으로 축하드리며 다양한 시를 쓰기를 그리고 시를 쓰는 어려움 앞에 굴복하지 않기를 간절히 바란다. 시인은 시의 제물에 불과하다.

최재원 수상자의 사이펀 신인상 당선
시가 김수영문학상 당선시집에 대다수
포함되어 있어 출판사와의 저작권 문제
로 게재하지 못하였습니다.

윤준협 수상자는
편집마감일 현재 연락이 안되어 당선
작과 근작시를 게재하지 못하였음을 밝
힙니다.

-'사이펀' 편집실

제5회 사이펀 신인상

심사위원 _ 배재경 · 송진

이충기

당선작 _ **양파는 거짓말을 하지 않는다** 외 6편

- 1999년 출생.
- 광주대학교 문예창작과 재학
- 2020년 《사이펀》 신인상 당선
- 시집 『사랑받기 위해 태어난 사람』, 『최소한의 안녕』

허진혁

당선작 _ **포장육** 외 5편

- 1989년 대전 출생
- 충남대 약학과 석사 졸업
- 현재 약사로 근무
- 2020년 《사이펀》 신인상 당선
- 시집 『포장육』

몽환과 우울의 잠수함 속의 시의 꽃과
시대정신의 열매를 맺고자하는 열정의 언어들

배재경(시인, 발행인) 송 진(시인, 부주간)

2020년 사이펀 신인상 최종심에는 신○정(「높은음자리」 외 7편), 방○영(「테두리」 외 9편), 허진혁(「포장육」 외 9편), 이충기(「유기된 일기장」 외 9편)의 시들이 600여 편의 치열한 예심을 뚫고 올라왔다.

「높은음자리」 외 7편을 보낸 신○정은 과감하게 투입된 현장노동의 언어들과 시적 구성으로 선자의 눈길을 끌었으나 신선한 언어의 결핍과 지나치게 안정된 호흡이 아쉬움으로 남아 다음을 기약하게 되었다.

「테두리」 외 9편의 방○형은 코로나 19를 유쾌하게 다스리는 법을 쓸 수 있을 만큼 마음이 훈훈한 사람처럼 느껴진다. 응모한 시들도 주변을 끌어안는 시들이 대부분이다. 「폐곡선」은 마스크 시대를 벗어나고픈 열망을 담은 시인데 세상을 지키고자하는 연대의 힘이 공감된다. 그러나 언어의 재미가 좀 더 자연스럽게 이어졌으면 좋겠다. 그리고 감정이 언어보다 한발 앞서가는 것이 흠이 되었다. 좀 더 신선하고 날선 언어로 깊은 내면을 구토하면 좋겠다. 시는 의식과 무의식으로 구현되지만 결국은 언어로 귀결되기 때문이다.

 허진혁의 시들은 새롭고 당돌하다. 누구의 눈치도 보지 않는 듯한 언어의 선택과 시의 흐름이 당황스러우면서도 자꾸 눈길이 간다. 「포장육」을 읽으며 시의 윤리에 대한 고민이 조금 있었다. 시의 축이 어디로 이동하느냐에 따라 시는 달리 읽혔다. 「여자가 되어」는 현시대의 예민한 문제들이 서사 구조로 펼쳐진 시인데 다소 투박하고 거칠게 느껴지는 문장들이지만 신인으로서 장점이라는 생각이 드는 것도 솔직한 심정이었다. 「제임스 그레이」를 읽으며 시인의 시대정신이 살아있다는 방향으로 자리를 잡아갔다. 시가 다소 거칠긴 하지만 시를 견인하는 용기가 대단했고 그 용기는 여러 번의 고민 끝에 시의 덕목으로 작용했다

 이충기의 시를 읽으면 몽환과 우울의 잠수함 속에서 시의 꽃을 바라보는 것 같다. 「유기된 일기장」 외 9편의 시는 시어들이 자연스럽게 숲을 이루어 향기를 내뿜었으며 내뿜음은

동력 또한 힘차고 울림이 커서 때로는 신비로운 행간을 다 따라가지 못한 경우도 있었다. 그는 물집을 굴리며 걸어가는 마술사인가, 1826년에 태어난 프랑스 화가 귀스타브 모로의 환생인가. 때로는 그림처럼 때로는 화가처럼 때로는 연극처럼 때로는 연극배우처럼 변신에 변신을 거듭하는 그는 한국의 시의 미래를 예고한다. 가끔 나타나는, 시의 정교함을 위한 언어의 선택에서 너무 주저하지 말고 좀 더 자신감 있게 자신을 믿고 써도 좋을 듯하다.

이충기, 허진혁 두 분의 시는 귀하고 아름답고 시적발상 또한 독특하여 앞으로의 세계가 기대된다. 시의 길이 비록 가시밭길이더라도 온 몸을 피로 물들이며 한결같이 정진하기를 바란다. 당선을 축하드린다.

양파는 거짓말을 하지 않는다 외 4편

양파가 든 봉지를 열었더니
손이 둔해졌다.

껍질을 썩혀놓은 뿌리들이 흙이라는 포대에 싸여 있었다.

탁자 위에 양파를 꺼내두었다.
나는 뭐 하는 사람일까 고뇌했다.
뭐하는 사람이기에 사람을 벗겨야만 했을까.
사람이 가루가 될 때까지
벗길 곳이 없었다, 라는 문장이
비문으로 분류되어서, 저 양파는
땅속에 심어졌던 걸까.

커다란 냄비와 도마도 올려놓았다.
양파 껍질을 벗길수록 얼굴이 빨개졌다.
피는 흘리지 않았지만
러닝셔츠만 걸친 아빠의 몸은 거짓말을 하지 않았다.
한 사람의 발인 현장처럼
땡볕에서 포테이토 필러로 양파를 깎듯이,
몸은 가루가 되기 위한 만물이었다.

눈을 보여주기 싫어도, 눈이 있다는 걸 깨닫게 해줘서 고
마워.

나는 선글라스를 끼고 아빠의 알몸을 어루만져줬다.
검은 박쥐들이 날개를 일제히 펴는 것 같았다.
큰 냄비에 아빠를 넣었다.
간장 한 큰 술에 고춧가루도 술술 뿌렸다.
눈이 맵고 짜서 눈물이 나왔다.
아빠도 더 이상 눈을 뜨지 않는 걸 보아하니
국물 맛은 안 봐도 될 것 같았다.

알큰한 향이 침을 고이게 했다.
달짝지근한 눈물로 고운 국물은 진국이었다.

유기된 일기장

1

발밑에 엉켜있는 물집을 터트리면 실타래가 쏟아진다 다 너에 관한 기록들이다 그러므로 나는 쓰레기를 버리기 위해 너를 산책 시킨다 붙잡을 수 없는 배불뚝이 풍선처럼 더 아플 결심조차 잡지 않는다 온몸이 가벼워질 테니까

2

나는 내 몸속에 있는 너를 음식물찌꺼기 버리듯이 훌훌 턴다 하루마다 마침표를 찍는 삶도 씻겨버린다 마지막 날의 일기는 다음과 같이 시작된다 '너를 목줄로 묶은 내가 너와 함께 밖에 나갔다 우리는 함께 시내까지 걸어 나갔다 네가 잠깐 딴청을 피울 때, 나는 슬쩍 너를 떨어뜨리고 바람처럼 돌아섰다' 너를 묶어놓은 목줄에 잡혀있는 너를 여기에 갖다 버린 후에 3인칭 관찰자가 등장한다

3

3인칭 관찰자 시점 : (거리 한복판에 버려진 너를 깡통으로 착각하고, 아니 깡통 보듯이) 이게 뭐야,

…뻥! 소리가 나고 네가 깡통처럼 굴러다닌다

나 시점 : (어느 누구에게도 보이지 않게) 길거리에 단단한 철문을 세우듯이 바람처럼 획 돌아선다

4

일기장에 더 이상 쓸 것도 쓸 내용도 없다 발로 좀 그만
차세요, 너의 목소리가 문장부호를 찍기 직전에 돌아오는
것 같다 하지만 네 말 들어줄 사람 이젠 아무도 없다
  잠수함을 꺼내주세요

애초부터 밤의 거역이란
망가진 수도꼭지를 틀다가 다치는 일

나는 그물망에 잡힌 요정이다
빨간 립스틱을 바른 입술이라도
물어뜯으려다가

낮을 꿀꺽 삼키고만 있다
귀스타브 모로가 왜 깍지를 끼는지
깍지 낀 손가락으로 어떻게 습작을 하는지

열 손가락을 서로 엇갈리게 바짝 맞추어본다
흑연이 눈꺼풀 위에 내려앉는다
번개 치는 소리를 듣는 시간이다

나는 귀스타브 모로의 후계자처럼
바퀴의 모양을 떠올리며
손가락 마디를 그린다

튜브에 의지할 수 있다면 이불을 덮지 않을 수만 있다면

생각은
잠길 수가 없는 꿈의 빈도를 재지 못한다
무슨 문장인지 알아가는 것이다
내 손이 와르르 뭉개질 때까지
그가 헤엄치던 바다가 범람할 때까지

나는 뇌를 배게 밑에 구름처럼 모셔두지만
그의 물집 잡힌 손으로 입술을 오므리고
귀스타브 모로는 큰소리로 떠든다

무얼 어떻게 써 나가야 되는가

잠수함을 타는 꿈을 꾸듯이
나는 망가진 수도꼭지를 잠그기 위해
이불 덮인 밤을 휘젓는다

마마보이의 오렌지 밭

그가 오렌지 밭에 들어간다 그곳은 그만 오렌지를 따갈수 있다 그에게 남긴 엄마의 마지막유서가 매달려있다 이제부터는 너 혼자서 어떻게 잘 살아봐 잘 살고 싶어서 생매장된 엄마는 오렌지로 환생하고 그는 그걸 어떻게 따야 할까 골똘히 생각만 한다 열매를 따서 빨아야만 읽을 수 있는 언어들로 과즙처럼 되어 있다 그는 그의 손이 노래지도록 오렌지 껍질만 벗겨댄다 노란 손으로 눈을 비비는 그의 눈도 노래진다 오렌지 속살이 더 말라지는데도 그는 엄마가 다른 곳으로 숨었을 거란 생각에 곡괭이로 땅을 판다 엄마의 필체는 읽혀지지 않는 가짜 오렌지만 나온다 그가 눈을 돌리는 곳마다 노을이 진다 노랗게 지는 노을을 보는 그의 손가락들 사이에서, 엄마의 언어는 시큼해진다 내 새끼는 몸만 컸지 아직 어린놈이야 어린 생각만 하는 그를 어리게 생각하는 와중에도, 엄마에게서 떠날 생각을 안 하는 가짜 오렌지와도 같은 그는 땅을 더 파서 들어간다 그도 이제 엄마가 묻혀있는 오렌지 밭에 생매장되어서 그와 엄마는 하나의 오렌지가 된다 밭에 피어있던 그의 엄마의 유서는 이제 쓸모없고 그는 죽어서도 엄마의 품에서 빠져나오지 못한다

헛된 꿈

발신인이 쓰여 있지 않은 편지가
나뭇잎 하나 없는 나무 밑에 떨어져 있다
나무는 길게 자란 나뭇가지에 아이를 앉히고
반으로 토막이 날 때까지
아이에게 매달린다

아이는 편지를 쓸 수 없는 손과 발목을 가진 것도 모르고
머리 위에 있는 가지에 올라간다

올라갈수록
팔을 뻗으면 하늘과 맞닿을 수 있어서
구름에 손을 대면
소원이 이루어지겠다는 아이의 생각은
주인 없는 골동품처럼
헛된 망상에 불과하지만

아이는 조만간 다 쓸 편지 속에도
손가락을 빠뜨린다
그의 손가락은 삐뚤어진 글씨체를 태어나게 하고
글씨가 제각각으로 움직일 때마다
아이는 떼를 쓴다

희미하게 보이는 동서남북을 가리키며
나무 같은 신장을 갖게 해 달라,
말하는 아이의 입술은 폐허가 된다
아무도 가르쳐주지 않은 관행 속에서
나무 한 그루도 심어놓지 않은 평지 위에
누군가 비밀스럽게 건립한

나무는 아이를 땅에 내려놓지 않고
그대로 곤두박질친다
아이는 몸에 상처를 내는 대신에
편지를 더 이상 쓰지 않는다
편지는 무궁무진한 꿈의 세계에서
주인을 잃고,
새로운 주인을 기다린다

세 번째 경기 외 1편

나는 망가진 수도꼭지를 기꺼이 열었다 피 묻은 꽃다발이 씻겨 나갔다 몸이 벌벌 떨렸다 당신은 선인장을 쓰다듬은 손으로 나를 보듬었다

너의 세 번째 아빠란다

당신 같은 아빠 둔 적 없다는 말을 하고 싶지만, 아빠를 한 번 더 잃고 싶지 않았다 새빨간 꽃잎이 내 손밖으로 떨어져도

저마다의 균열이 일고 있는 바닥 위에서
당신은 나를 야구공으로 보며

다음 베이스로 방망이를 힘껏 휘두르듯이

권한도 자유도 글러브로 모조리 잡고야 말았다

내 발밑에는 각질이 올라오지만 씻길 물조차도 없었다 당신의 목젖이 떨리지 않을까, 아빠라는 호칭만 들어도 멍이 들어서요 아빠는 사람 아니고 짐승이에요, 말하는 순간

구겨졌다

씻겨나가는 핏물처럼
나는 삼진아웃을 당했다

바닥 깊숙이 굴러가는 저 꽃잎들 속에 나도 있었다

Sharpen

거울을 깬 손으로 칼을 쥐어야 할 시간이 오면
우리는 안경에 맺힌 물방울이 사라질 때까지
안개에 의지했다

안개가 가라앉은 공간에서는 칼을 가는 소리가 끊이지 않
았다 앞으로 비가 내리게 될 도시로 이사를 온 우리의 황망
한 발걸음이다 우리는 날짜에 대한 개념이 없어서 베개 밑
에 칼을 두고 숙면에 시도했다 밖에서 사람들 목소리가 들
려왔다 여기에 우리의 공간을 만들어서 지금 이 시각 이후
로 어떻게 흘러가는지 볼까 미세하게 열린 창문 틈새로 바
람으로 위장해 거울을 긋고 돌아갔다 거울 앞에 설 때마다
하루가 지났다는 걸 안 우리는 눈에 눈곱이 껴도 가만히 웅
크렸다 칼을 가는 소리가 다시 들리기 시작했다 위에서 아
래로 내려다본 우리의 공간 안에서 굉음도 들렸다 허리가
납작해진 우리는 제 손으로 머리카락을 싹둑싹둑 자르기
바빴다 발밑으로 떨어진 우리의 미래가 검게 변할 때까지

나이테가 몇 바퀴 돌아갔을까

칼이 왔다 간 공간마다
나무가 떼로 모여들었다

● 근작시 • 이충기

〉

우리는 그것들을 모조리 베어버렸다

미래가 너무 환해서 말이 안 나왔다

포장육 외 4편

  야심한 불야성 한 무리의 포장육이 배달된다 그것은 야한 옷을 입은 포장육이다 포장육이 우르르 노래방으로 들어간다 노래방에서 무슨 일이 있는 것이냐 그녀들이 다시 나올 때는 한 식경 지나 술에 취한 채로 나온다 안에서 무슨 일이 있는 것이냐 포장육들은 술에 절어 흥을 돋운다 흥만 돋우나 더한 짓거리도 저지를 것이다 역겨움의 극치 어두컴컴한 단칸방에서 담배 연기 자욱한 채로 포장육을 먹어 치우는 흉악한 육식동물들 사회의 특권자들 돈으로 모든 것을 해결하는 무뢰배들 그들이 포장육을 주문한다 또 한 대의 차가 움직인다 포장육이 내린다 입속으로 들어가기 위해

시네마토그라프

카메라 온

(카페에 온 남자와 여자 대화를 나누고 있다)

클로즈업

(여자의 입을 클로즈업한다 화를 내는 듯하다)

팬

(여자의 입에서 남자의 입으로 횡이동 한다 남자 쩔쩔맨
다)

숄더 숏

(남자의 등 너머의 여자를 잡는다 눈물을 흘리고 있다)

리버스 숏

(남자 여자를 달래다가 품에서 반지를 꺼낸다)

여자, 남자를 끌어안고 키스한다

남자, 그런 여자를 꼬옥 안아준다

그리고

and...

컷

여자가 되어

  그가 잠에서 일어나보니 어느덧 자지가 떨어져 나갔다 달랑달랑 대롱대롱 잘만 달려있었던 자지가 어느 순간 사라져 버리고 그 자리엔 보지가 돋아나 있었다 돋아나 있었다는 게 맞나 하지만 그런 표현 이외에는 달리 방도가 없었다 달리 방울 도마도가 없었다 문제는 그가 지금 있는 곳이 막 입대한 군대였던 것이다 이를 숨기고 버텨볼까 말하고 전역할까 싶었지만 멍청하게도 어째서인지 버티기를 택한 것이다 이 나라는 군필이 아니면 살 수가 없는 나라니까 그리하여 그에게는 한 가지 과제가 부여되었다 살아남아야 한다 짐승 소굴 속에서 혼자 씻을 곳이 없어 화장실에서 몸만 닦다가 냄새가 난다고 얻어맞았다 커가는 가슴도 문제였다 그러다 어느 날 생리가 터졌다 피가 줄줄 흘렀다 흐르는 피는 마치 폭포수 과연 이 이야기의 끝은 어떻게 될 것인가 그 아니 그녀는 살아남을 수 있을 것인가 그것은 아무도 몰랐고 너도 모르고 나도 모르고 앎의 불가지 속에서 결국 그녀는 세상에 휑 덩그러니 그렇게 혼자

제임스 그레이

영화를 보는 것입니다 한 편도 아니고 네 편 가까이 보았습니다 감독은 제임스 그레이라고 합니다 아마 들어본 적도 없을 것입니다 우리는 영화를 보는 대신 시를 읽으니까요 그러니 제가 친절히 그 감독에 대해 설명해 드리겠습니다 이민자 가문에서 태어나 이민자를 소재로 영화를 찍습니다 이민 한 번 가본 적 없는 제가 향수를 느끼는 건 대체 무엇 때문입니까 화면은 촉촉하고 필름은 눈물 젖어 있는데 보는 이는 정말 심금을 울릴 따름입니다 당신과 함께 이 영화를 같이 보고 싶습니다 그대와 함께 울고 싶습니다 울고 싶고자 함은 오로지 그대와 함께 그대는 어디에 있습니까 그렇습니다 영화 따윈 아무래도 좋습니다 보고 싶을 뿐입니다 오로지 그대만을

운문시

　운문시를 씁니다 산문시와는 다릅니다 오히려 운율감을
살리기 위해서는 산문시보다 어려울지도 모릅니다 운문시
를 씁니다 아름다운 시어를 총동원하지마는 오히려 막히는
것입니다 눈 앞이 어지럽습니다 시를 쓴다는 것이 이토록
어려운 줄은 마음을 도려내어 벽돌을 쌓아보지만 그 벽돌
쉬이 쌓이지 않는 것입니다 한 구절 한 구절 쌓아올릴 때마
다 핏방울이 시에 알알이 맺힙니다 맺힌 피를 읽는 사람은
알아챌 수 있을런지요 도대체 이 고생을 하며 왜 시를 써야
하냐 싶지마는 결국 시인은 태어나는 것입니다 그것은 운
명이고 숙명인 것입니다 왜 시인으로 태어나서 내가 왜 고
생이냐 싶지마는 그것은 벗어날 수가 없는 것입니다 노트
르담 성당에 운명이라 적힌 것을 보고 파리의 노트르담이
완성 됐다지요 그런 것입니다 시를 쓴다는 것은

회전초밥 외 1편

　평소 가던 바에 들어가 앉아 쌈박하게 양주 한 잔 딱 까고 담배 한 대 물고 주변을 보고 있으려니 바텐더 아가씨들이 내 앞에 앉았다가 다른 테이블로 갔다가 빙글빙글 왔다 갔다 한다　아가씨들이 손님들 앞에서 계속해서 회전하는 모습이 마치 회전초밥이 떠오른다 내 앞의 그녀와 주어진 시간은 정말이지 한 줌 정도 시간은 짧고 할 말은 많은데 정신을 차려 보면 다른 아가씨로 교체되어 있다 그러면 나는 처음부터 이야기를 다시 시작해야 한다 산만한 인간관계 시간이 정해진 우리의 연애 감정교류의 불가성 짧게 이뤄지는 관계의 시작과 종말 나는 내 앞에 놓인 회전초밥을 향해 젓가락을 들이밀어 본다 초밥이 젓가락을 거부한다 온몸으로 거부한다

　나는 좀 더 큰돈을 내민다
　초밥이 간장에 몸을 던진다

금지옥엽

 딴에는 곱게 키운다고 키운 딸이었다 응석 다 받아주고 원하는 건 다 들어줬었다 그 부작용이었을까 딸은 십대 중반부터 엇나가기 시작했다 친구랑 밤을 새기를 여러 번 결국 가출을 하나 싶더니 일 년이 지나 배가 한아름 불러서 돌아왔다 결국에는 아이 아빠는 찾지 못하였다 미혼모가 되었을 때도 아기를 키우다 말고 또 집을 나갔을 때도 부모는 사랑을 멈추지 아니하였다 다음에 돌아왔을 때도 배가 한아름이었다 척 보니 아기 둘은 있음 직하여서 정말 쌍둥이가 태어났다 아기 셋 전부 친정엄마가 키웠다 허리가 휘었다 눈물로 밤을 지샌 날이 몇 날 몇 밤이었을까 어느 날 걸려 온 한 통의 전화 한 여관에서 딸이 손목을 그었다는 것이었다 병원에 달려가 보니 거의 죽기 직전의 모습 유언을 남기고자 함인지 입을 끔뻑댄다 마치 어린아이에게 묻듯이 울면서 평생 물어 보지 못한 질문을 하는 아버지 아버지 어머니 어머니

 에구 우리 이쁜 딸
 엄마가 좋아 아빠가 좋아

 둘 다 싫어요

사이펀문학상

수 상 시 집

제6회 사이펀 신인상

심사위원 _ 배재경 • 정 훈

김 서

당선작 _ **울타리의 시** 외 6편

• 본명 : 김흥현
• 1965년 생
• 2021년 방송대문학상 수상
• 2021년 《사이펀》 신인상 당선

김중호

당선작 _ **비명을 듣고서야
비로소 알았다** 외 5편

• 1965년 대구 생
• 경북대학교 졸업
• 〈도시〉 동인으로 활동
• 2021년 《사이펀》 신인상 당선

방미영

당선작 _ **말똥구리** 외 5편

• 1967년 부산출생
• 2020년 근로자 문학제 동상 수상
• 2021년 《사이펀》 신인상 당선

감성과 즉물의 언어들, 존재의 풍경이 보여주는 다양성

심사위원: 배재경(시인), 정훈(문학평론가)

　날마다 쏟아져 나오는 시들이 제각각 시인의 개성과 세계의 다양함을 보여주는 까닭이 '시'라는 언어형식과 내용이 무궁무진하기 때문만은 아닐 것이다. 이 세계가 날마다 변하고 존재의 풍경이 보여주는 양상이 시각에 따라 시시때때로 달라지는 면모와도 관련이 크리라 본다. 그래서 지금 시를 써도, 또 다시 시작詩作의 욕구가 생기는 법이다. 달리 말하면, 이 세계는 날마다 '시적인 것'의 표정을 찬란하게 뿌린다고 할 수 있다. 시인들이 여러 경로를 통해 양산되는 시대에도 시의 빛깔이 무수한 스펙트럼의 차이를 보여주는 사실도 이와 무관하지 않다. 제6회 사이펀 신인상에 당선된 김서, 김중호, 방미영 씨의 시들 역시 기성 시인들의 시 못지 않은 개성적인 시각을 보여준다.

　김서의 시는 스스로 시적 관행을 뒤집고 부정하려는 의지가 돋보인다. 시에 대한 고정관념을 깨뜨리려는 듯, 행을 따라가면서 예기치 못한 진술에 멈칫해지곤 한다. 의식의 비틀기가 시어의 경사傾斜로 이루어지고, 이러한 말의 기울기로 하여금 그의 시를 낯설게 보이도록 한다. 그런데 이런 낯설음은 현대시 도처에서 발견할 수 있다. 다만 김서의 경우 갓 등장한 낯섦, 충분히 예감할 수 있지만 선뜻 고개를 들어 직시하지 못했던 말들의 뒷면을 보려하기에 오히려 창의創意로 받아들여지기까지 한다. 요컨대 대상과 기호가 얼마나 서로를 배반하면서 멀어질 수 있는지, 혹은 의미와 표현이 언제까지 결합하지 않고 서로를 떠밀 수 있는지 확인하는 시 쓰기를 김서는 기획하는 듯하다. 이를 '실험'이라고 여기기엔 그 말조차 어딘지 모르게 진부해진다. 실험이 아니라 감성의 즉물성卽物性이다. 표현주의의 독특한 시 세계로 나아갈지, 아니면 시적 비전을 건드리지 못한 채로 자족하는 시 세계에 머물지는 앞으로 이어지게 될 창작의 스펙트럼이 말해줄 것이다.

  김중호의 시는 삶의 의미를 명쾌하게 도출하는 힘이 있다. 그러나 그 힘은 미처 발견하지 못한 언어의 비유와 형상화 능력을 덮으면서 생긴다. 대상에서 의미와 가치를 끄집어내는 과정이나 삶의 윤리적 패러다임을 잠언처럼 표현하는 시 쓰기가 미덕의 하나임은 애써 강조할 필요가 없을 만큼 익히 받아들이고 있다. 뜻을 찾고, 그 뜻이 삶의 실천

적인 방향으로 나아가게 하는 정신이라는 점은 중요하다. 시는 세계를 보듬어 안으면서 아직 보지 못한 의미와 가치를 흡수하는 예술의 영역이기 때문이다. 김중호의 시는 이런 면에서 무난한 시 쓰기를 보여준다. 그런데 알레고리나 보편적인 비유로써 시의 의미망을 부풀게 하는 일은 오히려 무궁무진한 시의 확장성을 억제할 수도 있다. 이런 우려가 일지만 그의 시는 풍자의 새로운 면을 잡을 가능성이 크다는 점과, 삶의 두터운 의미 층을 얇게 썰어 자신만의 문법으로 시화詩化 할 수 있겠다는 마음이 이는 건 부정할 수 없다. 어쨌든 시는 세상 한복판으로 직핍해서 들어가는 물건이기에 그렇다.

  방미영의 시는 서정의 한 끝을 서술의 힘으로 잡아당기는 힘이 유난하다. 들여다볼 줄 안다는 말이다. 들여다보되 어디로 뻗어나갈지 기약 없는 말과 말 사이를 겯고 꼼지락거리는 손매를 거두지 않는다. 즉 대상이 드러내 보이지 않는 숨은 사연들을 캐가는 재미를 이미 느끼고 있는 것처럼 홀가분하다. 한편, 그런 장점이 더러 뚜렷한 이미지의 분란紛亂으로 이끌 위험도 품고 있음을 잊어서는 안 되겠다. 이러한 위험은 대체로 말의 과잉과, 지시하는 형상에 대한 친절한 설명적 진술을 동반한다. 시상詩想을 떠올리면서 가닥을

정한 이미지 형상화 과정에서 자신도 모르게 변모하는 갖
가지 작은 이미지들이 춤을 추는 무대를 보여주는 반면, 어
지럽게 펼치는 말들의 꽁무니가 예기치 못한 방향으로 흘
러가는 수가 있기 때문이다. 그러나 시를 쓰면서 사용하는
언어의 표정은 행과 연, 그리고 문맥과 진술의 차원에서 얼
마든지 변용될 수 있기에 시 쓰기만큼 예측 못할 사념의 풍
경을 만끽하는 글의 장르도 없지 싶다. 시인은 시를 쓰면서
이를 즐기되 우려하는 것이다. 건필을 빈다.

 맨 처음의 시가 무엇이었는지 아슴푸레하듯 시의 끝도 종
잡을 수 없다. 그렇기에 시인이 되었다는 사실은 아슴푸레
하면서도 종잡을 길 막연한 물건을 낳으려 몸소 선택한 길
에 지나지 않다. 철저한 고독과 자기감시만이 이 희뿌연 오
솔길을 더듬거리며 지날 수 있다. 이번에 새롭게 시인으로
태어난 세 분께 축하를 보내기 전에 밀려오는 애틋한 심사
감추지 못하겠다. 시를 잘 쓰는 시인도 많지만, 세상 그 어
디에도 없는 시 하나 낳는다는 생각으로 시 쓰기에 매진했
으면 하는 바람이다.

울타리의 시 외 4편

솔직히 (말하면), 나는 비에 젖는다 엄밀한 의미에서, 나
는 우산이다 엄격히 (말하자면/보면), 가족이 있다 어떻게
보면, 아직 20대의 청춘이다 어떤 면으로는, 노숙자도 된
다 어찌 생각하면, 나는 전봇대다 보기에 따라(서), 나는 웃
는다 보는 각도에 따라, 나는 운다 입장에 따라, 나는 입을
다문다 굳이 말하자면, 말이 나오다가 목구멍에서 막힌다
달리 말하자면, 나는 어금니를 깨문다 넓게 보면, 나는 허
수아비다 너그럽게 보자면, 길고양이 친구다 너그럽게 말
하면, 새똥이 얼굴에 떨어져도 화를 내지 않는다 진짜, 나
는 가슴이 하얗다 부분적으로는, 잠들지 못하는 밤이 있다
전체적으로, 하루하루를 버틴다 특히, 정오에 낮잠을 자지
않는다 전형적으로, 전쟁터에 있는 병사 같다 따지고 보면,
서 있을 때가 더 늠름하다 사실상, 로봇이다 사실적으로
──하면, 결국은 땔감이 된다 실질적으로, 불꽃이 된다
실질적인 의미에서 (보면/ 말하자면 생각하면), 나는 썩어
야지 거름이 된다 한 측면에서 보면, 티끌이 된다 경험에
의하면, 티끌이 뭉쳐도 돌멩이가 되지 않는다 쉬운 말로 하
면, 먼지는 바람이 날린다 한 마디로 한다면, 후 인간적으
로 보면, 이름이라도 이 세상에 남을까 정확히 말하자면,
이름도 잊힌다 엄밀히 말해서, 0만 남는다 단도직입적으로
말하면, 바깥에 서 있으면 된다 겉보기로는, 멍하게 서 있

다 편의상, 눈을 감으면 된다 한 마디로 말해,

* 김진수, 「국어의 울타리 표현 1」, 『語文 研究 46』, 2004. 12.에서 울타리 표현
의 예시를 가지고 와서 변용.

그냥

겨울비가 내리는 길 위를 달렸다

(비의 입장은)

나는 우산 없이 빗속에 뛰어들었다, 가 됐다

자동사였는지

피동사였는지

알리바이는 중요하지 않았고 속옷까지 빗물에 젖었다

카페에 오는 동안 고개가 옷깃 속으로 움츠러들었다

깜빡이 신호를 보고 따라왔는데 골목길을 돌아서 왔다

(깜빡, 깜박)

리듬을 타면서 독백이 멈춰지지 않았다

(그냥)

문을 열었는데 그가 의자에 앉아 있었다

(그만)

독백에 마침표를 찍고 그와 탁자에 마주 앉았다

(다시 말해)

이때는 말줄임표만 남았다

그는 아무런 말 없이 난로 옆에 의자를 하나 더 들고 왔다

그냥이 난로에 타닥 타닥 타고 있었다

그는 부사(통사적인 그냥)를 사용하지 않았다

그는 손으로 입을 가리고 있었다

나는 다시 독백을 시작했다

독백이 그에게 말(양태적인 그냥)을 걸었는데

그는 입에서 손을 떼지 않았다

젖은 옷에서 훈김이 피어올랐는데도 그의 커피가 줄어들

지 않고

그대로 식었다

카페에서 나올 때도 겨울비가 그치지 않았다

오후

눈동자가 비스듬하게 비껴 줄을 긋는다
뚜, 뚜
왼쪽에만 신호를 보낸다
머리가 북극을 보고
발이 남극을 봐도
띠, 띠
되돌아오는 신호를 오른손잡이가 왼손으로 잡는다
이십사 시는 시간표가 없어도 세 시를 두 번 지나간다
회전하는 지평선의 밑줄이 겹친다

오전 세 시에 잠들어 있다
오후 세 시에 잠이 온다

오전 아홉 시에 메모장을 열었고 오후 세 시에 커피를 찾
는다
일회용 종이컵 두 개가 쓰레기통에 버려졌는데 설탕이 뿌
려진 꽈배기를 사 먹는다
일회용이 버려질 때마다 시계를 본다
몇 시를 보다가
몇 시 몇 분
틱, 틱

초까지 헤아린다

초침 소리가 머릿속에 갇힌다
tick, tick
영어사전을 찾아봐도 소리가 같다

한 번은 틱, 한다
한 번도 tick, 한다

눈동자가 틱과 tick 사이를 벗어나지 못한다

하루하루

손목시계를 차지 않고 서랍 속에
넣어 둔지 오래입니다
하루는 괜찮고 그다음은
손가락을 헤아리지 못합니다

하루가 가기 전에는 손가락을 쥐고
하루가 지난 뒤에는 쥔 것을 폅니다

밥을 먹었는데 배가 오므라듭니다
부풀어 오를 때도 배가 고프고
그만큼 생각이 늘어납니다

생각을 동그라미로 그리고
그 속에 들어갑니다
출구가 막힌 동굴 같습니다

손전등의 광선이 어둠을
뚫지 못합니다
웅크리고 앉아
불이 켜지기를 기다립니다

〉
몸을 일으켜도 가운데로 서지 못합니다

여전히 절름거리는 다리가 몇 걸음
걷고 힘이 빠집니다
손으로 더듬고 걷는 어둠 속에서
어둠만 봅니다

잠들면 하루는 괜찮아집니다

모자의 둘레

모자의 관점은
머리 둘레에 있다

모자가 가장 알맞은
손의 움직임을 고른다

머리에 얹어 덮다 쓰다
씌우다 는
같은 모양이 된다

모자와 모는
머리만 쓴다

야구모자는 챙이 있고
배레모는 그림자가 없다

야구공이 없으면 모자는
구두와도 어울린다

있을 때 없는 것을
없을 때 찾는다

〉
어디 있는 거니*

야광 꽃무늬 장식이 꾸며진다

작업모 안전모 밀짚모자
빵모자 ……,

모자들이 머리를 미리 마련하고 있다

* 조말선의 「야간조」

울타리 그냥 오후 창문 매미 외 1편

말이 머릿속에서 떠올랐는데 바로 입 밖으로 나오지 않는
다

똑 부러진 말을 하면 서로 부담돼서
말이 더듬어진다
내 겉보기로는 글쎄요
네, 한마디 말이 입 밖으로 나와서 빠르게 사라진다

길고양이가 생선 뼈다귀를 물고 도망가면서
바닥에 비린내를 뿌린다

여럿이 모여서 회의를 하면 나는 할 말이 줄어들어서
시계를 본다
입 안에서 A 흥 C
말이 회의장에서 뛰지 않아서
회의가 즐거운 모험이 되지 않는다

나는 말을 보고 또 본다
배를 뒤집으면 물이 들어와서 바닥에 가라앉는 것처럼
입이 아무 말도 없이 잠잠해진다
바닥에서 더 살펴보긴 해야겠지만 울타리가 바닥에 없다

사룸마다 히ᅇᅧ 수ᄫᅵ 니겨 날로 ᄡᅮ메 便安킈 ᄒᆞ고져
ᄒᆞᆯ ᄯᆞᄅᆞ미니라
중세국어가 나는 솔직히 (말하면), 외계어로 들린다

우리 말없이 그냥 겨울비가 내리는 길 위를 달릴까요
(나의 입장은) 뒤에서
앞에 가는 깜빡이 신호를 보는 게 가장 편한데
오후는 눈동자가 도로 위에서 비스듬하게 줄을 긋는다

카페에서 앞사람을 통과해서 창문을 보는
나는 무엇을 말하고 있을까

창문 안쪽에서 바깥쪽이 전부 보이지 않는다
정훈이는 "감성의 즉물성卽物性이다" 하는데
나는 햇빛이 창문을 넘고 있어서 영훈이를 잠깐 잊는다

스펙트럼을 통과한 햇빛이 7년간 잠든 매미를 깨울까

나는 땅속에서 귀를 닫고 누워있는데
귀에서 맴 소리가 들리고 입 안에서 말이 맴돈다

가방과 그녀

그녀는 몸과 어깨가 어긋나게 가방을 X로 멘다 누구도 아무도 가방에 닿지 않는 거리를 만든다 3m에서 0.5m까지 그녀와 나의 거리가 좁혀졌는데 여전히 나는 손이 가방에 닿지 않는다 가방 속 물건은 보이지 않고 지퍼인지 똑딱단추로 잠겼는지 에쎄 레종 말보로 팔리아멘트 그중 하나일까 그녀는 도넛 모양 담배 연기를 만들지 않는다 콘돔이 들어 있을까 지금은 도서관 그녀는 가방에서 시집『둥근 발작』을 꺼낸다 나는 9개의 오이디푸스 나무를 상상하게 된다 나무가 위쪽으로 줄기를 뻗는데 뿌리는 땅속에서 어떤 방향인지 모른다 한 방향인지 두 방향인지 가방은 그녀만의 방법으로 그녀가 여는데 성적 파트너도 그녀가 고를까 도서관 벽에 금연 표지판이 부착되어 있다 콘돔은 남에게 들어내고 싶지 않아서 가방에 넣고 다닐까 나는 가방 겉을 훑었는데 어떤 것도 삐죽 나오지 않는다 눈이 X레이 촬영이 되지 않는다 가방을 열어서 안을 보여 줄 수 있을까요 무엇이 들어 있다 가방 안에 무엇이 들어 있는지 상상하려고 나는 시인이 된 것이 아닙니다 가죽에 색깔과 무늬를 입히고 바느질하면 고래 배 속처럼 캄캄해진다 안 보이면 남에게 간섭을 받지 않는다 그녀는 그녀와 나 사이에 가방을 내려놓는다 그래도 나는 가방에 손이 가지를 않는다

비명을 듣고서야 비로소 알았다 외 4편

칼날로 자르고서야
알았다

풀 더미 너머에서 누군가
비명을 지르는, 그 순간

그가 거기 있었음을
깨달았다

내가 고이 심어 놓고서도
정말 까맣게 잊고 있었다

그의 몸을 베고서야
그가 거기 있었음을 알았다

차라리 그도 나를 잊고 있었으면……

내가 들은
마지막, 비명의 자리

그 자리에, 그가 늘 있어 주었음을
비로소 알았다.

잘못 든 길

누구든
잘못 든 길을 간다
내비가 그리 가르쳐 주었는데
이상하다, 이상하다 그러는 순간
그제야 길 잘못 들었음을 안다
처음엔 내비를 탓하고
좀 더 신중하지 못했다고 자책하지만
이상한 일이다
이 낯선 길이 전혀 낯설지만은 않다
마치 오래 전 한번 들렀던 길처럼
마치 꼭 한번은
와야만 하는 그런 길인 양
예사롭지 않다

잘못 든 길, 거기서 당신은
새롭고도 아름다운 풍경을 본다
이 길로 들지 않았다면
결코 평생을 겪어 볼 수 없었을
경험, 모든 길은
우리가 한번은 꼭 한번은 만나고 가야할
아름다운 경험이다

곧 당신은 길을 찾는다
당신은 잘못 든 길을 벗어나지만
알 수 없는 황홀경에 더 깊이 빠진다
그 길이 보여준
풍경과 감동 속으로

아, 돌다리!

숲 속 개울은 너무 폭이 넓었어요
둘러보다가 우연히 돌다리를 만났지요

누가 처음 돌다리란 걸 놓았을까요
돌들 사이를 좁히려 그 누가 이 돌 하나를 또 더 하였을까요

그렇게 하나 둘 놓여 돌다리를 이루었겠지만
그 사이에, 저 또한 돌 하나 놓아봅니다

삶이란, 지나다가 돌 하나 놓는 것
하나의 돌이 다음의 돌을 이어서 폭을 좁혀가는 것

누가 알까요, 누구라도 쉬 건널 수 있게
이 개울에 돌을 놓는 그 사람
누가 기억할까요, 남 몰래
돌 하나 놓아두는 그이의 마음을

돌다리는 이렇게 차츰 이루어져서
멀리서 보아도

아, 돌다리!
하는 거지요.

개 똥구멍을 보면서

똥구멍을 보면
개를 알 수 있지
그 놈 상태를 알 수 있지

똥을 잘 누면, 만사형통
들어오고 나감이 원활한 게지

저기, 낯선 고양이 한 마리
어슬렁, 어슬렁
개에게 다가가서
똥구멍을 살피네

허, 깨끗, 건강하구나!

살아있는 모든 생명의
똥구멍!

드는 것이 만약 적다면
나가는 것도 적을 수밖에
그러면 어느 똥구멍이든 별 탈奪 없지

똥구멍이 탱탱하면
소박素朴한 사람

아마도 천수天壽를 누릴 거야.

방아깨비

방아깨비는 물지 않는다

물지 않는 것이 이 세상에 너 뿐일까만
너는 따로 물지 않는다

거처가 없는 한 목숨,
아무래도 따로 거처를 두지 않는, 방아깨비!

이 세상 모든 풀숲이 거처라서, 너는
이 거처를 잃으면 저 풀숲으로 가면 그만

그래서 너는 곱구나
고운 마음 그대로가 너의 얼굴이구나

어디에도 거처를 두지 않는 마음
어디에도 정처를 두지 않는 마음

미움이 떠난 자리

방아깨비야, 이 풀숲에서 너는
미움이란 짐을 여의고
자유를 얻었구나.

꽃말 외 1편

이름 붙이기
겁나네

그가
쓸쓸해질까 봐

그 이름 붙이기
겁나네

그가
외로워질까 봐

그 이름
부르기 겁나네

괜시리
그가 가버릴까 봐

달개비

묘하다
누가 화분 하나 주며
달개비 한 촉 주고 간다

이번 여름
그리 잘 자라던 달개비
겨울에 와서
다 잃어버렸는데

꽃이
곱다며
그 꽃
주고 간다

내가 그냥 무심히 상실했던 것
잊어버렸던 것들
다시
예쁜 꽃
피워보라 한다

이제는

서로가
서로를
살릴 수 있다고

꽃
한 송이
건네고 간다

참, 묘하다

말똥구리 외 4편

세상은 말똥구리입니다
발바닥에 땀이 나도록 치워야 하는
말들의 바깥은 주의를 요합니다

언제나 둥근 품새를 갖추기 위해
공중을 움츠려든 갈피마다
숱한 말을 막고 마른 침을 품어야 했던
경단 같은 말의 멍울이 무성했습니다

생각을 굴리고 기억을 감는 자리에
부풀어 오른 더부룩한 짐처럼
내 표정을 굴리고 음각의 지문으로 깃들고
오늘을 머뭇거리듯
이리저리 데굴데굴 부릴 곳은 침묵이었습니다

무수한 영역과 속도를 늦추는 화음
둥근 장벽을 굴리며
필생으로 말의 무리를 감았을까요
구역을 잃은 자들의
그늘은 걷히지 않고
제 몸 뉘는 자가 세상의 숨결을 움켜쥡니다

〉
눈뜨자마자 말의 덩굴이
몸짓으로 비껴가고
헐 것 같은 몸이 어디로 굴러가야할까요
가야 할 먼 오체투자의 바다
삐뚤삐뚤한 등짐에
독기를 품고 나아가야 하는
말똥구리의 풀무질입니다

새어나가는 말의 후렴구를 주저앉히며
멱살을 꽉 움켜쥐며
사방으로 부화될 말들,
한 겹 두 겹, 둥지처럼 태양을 두릅니다.

고드름

겨울이 오면
줄기들이 반란을 일으킵니다

맹물 같은 본성을 감추며
오래도록 더듬거리며 흘러내리는
물줄기, 눈의 수위를 재느라 꽁꽁 앓아가는데
그즈음을 읽어가며 포착하는 순간
헐벗은 시간 속에
몸 안에 들어오는, 설렘이 있어요
구불구불한 등줄기를 타고
종일 짜내던 몸물을 타고
다 마르기 전의
화석으로 남으려는 것일까
벼랑 속의 지분으로
허공을 장악하는 기척
눈물 서너 방울이 신비한 질감이 되어
간다, 겨우내 단단하게
결기하며 시위하는 저 줄기들도

제 몸에 들어온
마비된 햇살을 몸소 받아

내일을 녹여 오늘을 되새기며
경건한 문안을 합니다
눈물은 벼랑에서 박제되고
발등은 시려 와,
질척이는 서릿발로 비탈진 여운을 남길까
봄이 다가오는 속도를
줄기째 뽑지 말아요
시린 마음은 아직 결빙된 눈물이니까요

게으른 겨울잠은
깊이보다 높이로 대변하고
아직 몸 안에 어른거리는, 마비된 희망
절제된 징후인가 봐요

물수제비

수화하듯 던진다, 둥글고 납작한
말 하나 허공에 걸린다
멀지 않으니까 한 걸음 한걸음
짚어가는 곁과 곁이 차례로 뜀뛰기를 할 듯
멈칫거리는 그림자들이 물방울을 움켜쥐었다
파장을 들추어 걸음을 내딛는 서두름으로
물 아래 들뜬 증언들 부추겼을까

바깥을 에두르는 생각을 겅중겅중하다가
머무른 자리에 둥글게 떠오른 내면의 파편
떠다니는 표면은 속도를 치달리는 중독
가라앉지 않는 것은 가야 하는 부력으로 버텼을까
앞발을 짚으며 물살을 가로지르는 것은
자신의 여백을 확장하는 일
사지로 당기는 장력은 수평선을 유지하며
기울어질 벼랑에 맞잡을 즈음 내일을 건너뛰지 못한 오늘
뿐
다시 어제라는 뒤꿈치가 멈칫하며 걸렸다
순서를 짚으면서 또 다른 차례가 서둘러 짚어간다
풍덩 풍덩 벗어나기 위해
폴짝 폴짝 넌지시 줄임표를 씌워나간다

가까워서 멀어질 것 같은
적요의 질감은 점차 약해지고 멀어지는데,
물을 거스르고 멀찍이 징검다리를 놓아준다
쉼표를 외면한 듯 기나긴 착지의 순례
주춤거리는 말문들은 삼킨, 실마리를 넘겨준다
물수제비처럼 성긴 틈을 촘촘히 메웠을
널따란 미련은 남겨둔 채맞선 세상은 징검다리가 되고 데굴데굴 부릴 둥근 품새는
너비만큼 계단을 짚으며 곤두섰을까

무수한 말들이 다음을 맞이하는 무렵에
드문드문한 읽혔던 순간이
익숙해진 너비만큼 진화하며 앞을 질주한다

못과 널빤지

간극을 채우는 서로의 몸부림이다
면에 깊이를 더하기 위해
단단히 움켜쥐고 있는
공간과 여백 속을 드나들며
안아 가슴깊이 삼켰다

늑골 틈새를 괴면
생이란 진행형인지
널빤지는 평면의 심중을 틔우는 사이에
까닭 모를 층은 층을 메우고

박힌 옹이는
여민 상처를 관통하여
제 깊이에 여백의 두께만큼
기막히게 속정으로 품었을까

가늘고 뾰족한 생에 못 걸듯
과정이 무한한 것일진대
음영이 탈골 한 자리에 끼운 쐐기
흐름의 다짐은 뒤탈 없이
밀착한 묘수에

편차도 없이 꽉 찬 구간

한 편에 박히면
한 편이 내어주는
깊이에
부력마냥 출렁인다

철철, 온몸에 퍼졌을
고스란히 진물 나는 소름일까

둔중하게 소용돌이치는
울음을 껴안고
왁자지껄, 고요한 틈새만 품고 사려나

물의 기원

분분한 물살이 바다가 되었다
거슬러 올라가는 곡선의 뜀박질에

역류의 발자국 짚어
몇 억겁을 되감을 것 같은
제 중심을 헤쳐 놓고 먼 자궁 안으로
꿈틀꿈틀 탯줄 감듯 비린 향을 추적해가는 것일까
제 보堡를 껴안 듯
옆길로 새며 주저앉혔던 공회전
지루한 지문과 통증에 뒤척이는 홑청 끝자락은
광야의 칠흑의 장력을 안으며
만삭의 몸으로 키웠을까

물살은 질서를 거스르지 않고
호들갑스레 부산떠는, 초록의 표정을 맞이한다
개울은 감아쥔 기억을 올려다 놓는 골목
굽어지고 휘어진 답습을 부둥켜안고
숨차게 올라가야 흔적을 더듬어
흔적을 문신처럼 새길 수 있는 외재율
결사적인 자세로 경배하듯 나아간다

어디론가 발길 돌려도
거침없이 횡단하는 비늘 진 기억
다시금 되돌아갈 내일의 싱싱한 굴곡을 켜며
힘차게 달음박질한다
출렁이는 자궁 속으로 감아가는, 점지된 태엽

●근작시 • 방미영

사발 외 1편

둥근 기운이다 목마른 입구에 젖어 드는 강물
강을 물고 에워싸는 새벽녘에
갈증이 차오르면
막 돌아선 여백을 보듬어
조용조용 햇귀에 길어 올린 물빛이다
절필한 고요를 따라
수평보다 차가운 몸피는 온기로 헛디뎠다
후들거리는 긴장이 옥죄어오고
걸림돌마저 삼킨 너울에 둥근 아가리를 파낸다
일제히 우왕좌왕 노을이 꺾여
뒷물 헹구는 만월
밤새 다가서며 죄다 불려놓은 양막에
시린 피가 돈다
비우거라
비우거라
한참을 비웠다는 것은
어느 깊은 둘레를 감아가는 일

모난 기울기를 에둘러야 삭아가는 멍울은
첨벙, 자맥질하며
기우는 동공이 술렁인다

234

〉
콸콸 쏟아부었던 생각들
들뜨며 묻노니
목청껏, 울대까지 허우적거리며 비운다

곡선에 곡선이 껴안을 때

굽어진 곡선이 너비 자락에
서로가 목젖이 되어
신음이 된 채
끊겼다 이어지며 출렁인다

정수리 언저리까지
무너지지도 일어서지도 않은 채
비바람을 타고
서로를 들치며 떠받치는

마디가 마디가 되어
들키고 들켜 철썩이며
서둘러 층계를 퍼 올린다

어긋나게 벗어난 공간들이 들끓으며
벙글 벙글
순례의 무릎을 만들어
둥글게 이어갑니다
무언가 안팎을 등진 것일까

반쯤 늦추어지고 경계를 벗어난

모로 등진 등짝을 비켜내고
휘적휘적 이는 시퍼런 몸살은
서로를 경배하며
굴절하며 되뇌는 속삭임

촘촘하게 여백의
결과 결을 껴안으며

그때서야
몸 한 채 더 깊이 벗어
뿌리째 허공을 걸어놓았을 따름일까

계간 '사이펀' siphon

신인상 작품 공모

시 전문지 계간 《사이펀》에서는 한국문학을 이끌어갈 개성 있는 신인을 기다립니다. 시적 다양성을 위해 다양한 형태의 시, 시 평론, 시조, 동시 등 시와 관련된 다양한 글들을 기다립니다. 새로운 활력을 던져 줄 많은 분들의 응모를 기다립니다.

응모 부문	① 시(시조/동시) 10편 이상 ② 시 평론 1편(원고지 70매 내외)
응모 마감	• 상반기 – 3월 30일 • 하반기 – 9월 30일
발표	「사이펀」 여름호와 겨울호
시상 및 특전	당선자에게는 50만원의 상금을 수여하고 사이펀의 고정 필자로 문단활동을 적극 지원합니다. **※사이펀문학상 수상집 제작** **: 당선된 시는 차후 '사이펀문학상 수상시집'에 수록됩니다.**
유의 사항	• 원고는 우편이나 이메일로 접수합니다. • 〈사이펀 신인상 응모작품〉이라고 명시해주시기 바랍니다. • 동일작품이 타 매체와 중복 응모가 드러날 경우에는 당선이 취소됩니다. • 출생연도, 주소, 이메일, 연락처를 필히 기재해주시기 바랍니다. • 상금은 시상식이 끝난 뒤 송금되며 불분명한 이유로 불참시 최소 될 수 있습니다. • 투고원고는 반환의 책임을 지지않습니다.
보내실 곳	• 부산 중구 대청로 141번길 15–1 대륙빌딩 301호 작가마을 내 〈사이펀 편집실〉 • TEL : 051)248-4145 FAX : 051)248-0723 • E–mail : seepoet@hanmail.net